Jean Ferris • Sommer ohne Wiederkehr

OMNIBUS

Foto: © Jon Lyons

DIE AUTORIN

Jean Ferris, deren Vater in der US-Armee diente, verbrachte eine unruhige Kindheit und Jugend. Alle paar Jahre zog die Familie in eine andere Stadt und so wurden Bücher zu ihren treuesten Freunden. Sie bezeichnet sich selbst als Spätzünder: Zwar schrieb sie bereits mit sieben Jahren ihren ersten Roman, doch ernsthaft mit dem Schreiben begann sie erst nach einer Ausbildung zur Sprachtherapeutin und einigen Jahren der beruflichen Praxis. Am liebsten schreibt sie für und über Jugendliche, da sie diesen Lebensabschnitt für einen der spannendsten eines Menschen hält. Heute lebt Jean Ferris, die zwei erwachsene Töchter hat, mit Mann und Katze in San Diego, Kalifornien.

Jean Ferris

Sommer ohne Wiederkehr

Aus dem Amerikanischen
von Ulli und Herbert Günther

OMNIBUS

OMNIBUS

Der Taschenbuchverlag
für Kinder und Jugendliche
von C. Bertelsmann,
München

Band 20251

Von Jean Ferris ist bei
OMNIBUS erschienen:

Wir werden das Kind schon schaukeln (20214)
Warum du und nicht ich? (20354)

Umwelthinweis:
Dieses Buch wurde auf chlorfrei gebleichtem
Papier gedruckt.

Deutsche Erstausgabe Mai 1998
Gesetzt nach den Regeln der Rechtschreibreform

Die Originalausgabe erschien 1987 unter dem Titel
»Invincible Summer« bei Farrar, Straus & Giroux, New York

Übersetzung: Ulli und Herbert Günther
Lektorat: Frank Griesheimer
Umschlagbild: Ulrike Vater
Umschlagkonzeption: Klaus Renner
kk · Herstellung: Stefan Hansen
Satz: Uhl + Massopust, Aalen
Druck: Presse-Druck Augsburg
ISBN 3-570-20251-8
Printed in Germany

10 9 8 7 6 5 4 3 2 1

In Erinnerung an meinen Vater
und Berta Mae Weatherford

Sommer

Das Wohnhaus der Farm war so angelegt, dass man vom Küchenfenster aus alles überblicken konnte – Hof, Stall und Werkstatt, die Vorratsspeicher, den Silo und die Wege zu den Feldern.

Robins früheste Erinnerung war der Blick aus diesem Fenster: Sie saß auf dem Küchentisch und sah ihrer Mutter zu, die Obst und Gemüse aus ihrem Garten einmachte – Tomaten und Wassermelonen, Bohnen und Salzgurken, Himbeermarmelade – und dabei leise vor sich hin summte. Ihre Mutter war seit Jahren tot, aber noch immer ertappte sich Robin, wie sie auf dieses Summen horchte.

Aus demselben Fenster warf ihr Vater oft prüfende Blicke zum Himmel – so auch jetzt wieder, selbst beim Essen –, beobachtete in nie endender Sorge das Wetter und machte sich Gedanken um seine Ernte.

Während Robin in ihrem Essen stocherte, fielen plötzlich die schräg stehenden, orangefarbenen Sonnenstrahlen durch das Fenster über der Spüle, fluteten durch die blank gescheuerte Küche und trafen in einer Explosion von Licht ein Wasserglas auf dem Abendbrottisch. Robin zuckte zusammen. Kopfschmerzen hatte sie ohnehin schon.

»Ich muss mich jetzt umziehen, Libby.« Robin schob ihren Stuhl zurück.

»Du hast kaum was gegessen. Fühlst du dich nicht wohl?«, fragte ihre Großmutter.

»Mir geht's gut. Es ist die Hitze, glaube ich. Hab einfach nicht viel Hunger.«

»Ja, diese Hitze«, sagte Libby. »Ist das nicht schrecklich, Will? Kannst du dich erinnern, wann es am ersten Juni schon mal so heiß gewesen ist?«

Robins Vater sah von seinem Teller auf. »Noch nie«, sagte er. »Hoffentlich ist der neue Mais, den ich gesät habe, wirklich so widerstandsfähig gegen Hitze, wie der Vertreter behauptet hat.« Noch einmal warf er einen kurzen Blick zum Fenster, bevor er sich wieder seinem Essen widmete.

»Wohin geht ihr heute Abend, Robin?«, fragte Libby.

»In die Stadt ins Kino.«

»Du und Ivan?«

»Wer sonst?«

»Ist eine Weile her, dass du mal mit einem andern als ihm aus warst, nicht?«, fragte Libby.

»Wenn man erst mal mit einem geht, wird man von keinem andern mehr eingeladen. So läuft das.«

»Bei uns war das nicht so. Je mehr Verehrer man hatte,

desto besser.« Libby stellte das dicke weiße Alltagsgeschirr zusammen und trug es zur Spüle. »Sag ihm, dass er langsamer fahren soll. Ich habe ihn in diesem Pick-up über den Highway flitzen sehen. Von hier bis zur Stadt sind es sieben Meilen, und das ist genug, um einen Unfall zu bauen. Dieser Junge ist ein Raser, genau wie sein Daddy und sein großer Bruder.«

»Ach, Libby, Ivan ist nur ... temperamentvoll. So ist er schon, seit wir klein waren.« Sie wusste eigentlich nicht genau, warum sie ihn verteidigte. Es kam fast automatisch: So sollen Mädchen reagieren, die einen Freund haben. Das hatte sie von Marci gelernt. Ivan war der erste Junge, mit dem Robin nun schon lange genug ging, um Marcis Ratschläge gebrauchen zu können, und manchmal schien Marci wegen der Verabredungen ihrer Freundin aufgeregter als Robin selber.

Ivans Fahrstil, um die Wahrheit zu sagen, machte auch Robin Angst. Aber das war bestimmt nur eine Art Überreaktion, weil ihre Mutter bei einem Autounfall ums Leben gekommen war.

»Und überhaupt«, fuhr sie fort, »jeder hier fährt schnell. Oder hältst du dich auf dem Weg zur Stadt immer an die Geschwindigkeitsbegrenzungen?«

Libby gab ihr einen Klaps mit dem Geschirrtuch und lachte. »Los, zieh dich um. Ich bin eine alte Frau. Mir bleiben nicht mehr allzu viele Dummheiten übrig. Sag ihm, er soll langsamer fahren. Hörst du?«

»Okay, okay«, sagte Robin und stieg die Treppe hinauf, die von der Küche zu ihrem Zimmer führte.

Das Farmhaus, das ihr Urgroßvater gebaut hatte, war fast hundert Jahre alt, aber es war im Lauf der Jahre modernisiert worden, besonders zu der Zeit, als ihre Mutter hier den Ton angab. Als Braut hatte Julie auf einer neuen Küche bestanden, auf Badezimmern und zentraler Klimaanlage. Es war teuer gewesen, aber die Preise für Sojabohnen waren damals hoch, und außerdem konnte Julie das Geld beisteuern, das sie als Lehrerin in der Stadt verdiente.

Ohne die Klimaanlage wäre es im Haus jetzt unerträglich. Man konnte höchstens eine Stunde vor Sonnenuntergang mit einer leichten Abkühlung rechnen, obwohl in den vergangenen Wochen auch die Nächte ungewöhnlich warm für die Jahreszeit gewesen waren. Robin konnte sich nicht vorstellen, wie ihre Urgroßmutter in diesem Haus gelebt und gearbeitet hatte in den glühend heißen Sommern von Iowa.

Sie hatte Herzklopfen und ihre Oberlippe glänzte vor Schweiß, als sie endlich auf der obersten Stufe stand. In ihrem Zimmer legte sie sich aufs Bett, um wieder zu Atem zu kommen. In was für einer lausigen Verfassung war sie doch!

»Robin, bist du fertig? Ivan ist da.« Libby stand in der Tür von Robins Zimmer, ihre Umrisse zeichneten sich deutlich im schwindenden Licht der Dämmerung ab. »Was, du hast ja noch nicht mal angefangen!«

Robin setzte sich auf. »O Mann, ich muss eingeschlafen sein.«

»Scheint mir auch so.« Libby machte Licht. »Schau dir

dein Gesicht an! Da ist das ganze Muster vom Bettlaken drauf. Ich finde, wenn du so müde bist, solltest du lieber zu Hause bleiben. Sag Ivan, diese Striemen da sind was Ansteckendes.«

»Nein«, sagte Robin. »Ich bin okay. Er würde total wütend werden, wenn ich so spät eine Verabredung platzen ließe.«

»Das musst du selbst wissen«, sagte Libby in missbilligendem Ton, »aber dann sieh zu, dass du dich in Bewegung setzt. Ich werde Ivan inzwischen einen Vortrag über sicheres Fahren halten. Wenn ich nicht runtergehe und ein Gespräch in Gang bringe, sitzen er und dein Dad ohnehin nur da und starren sich an wie zwei Pappindianer vor dem Kino.« Sie drehte sich um, ging aus dem Zimmer und zog die Tür hinter sich zu.

Hastig fuhr Robin in andere Sachen und bürstete ihr Haar. Sie ahnte, dass auch eine dicke Schicht Make-up das Bettlakenmuster auf ihrem Gesicht nicht würde überdecken können, deshalb versuchte sie es erst gar nicht.

Als sie die Treppe herunter ins Wohnzimmer kam, sah sie Ivan die Erleichterung an. Er sprang sofort auf.

»Tut mir Leid, dass ich mich verspätet habe«, sagte sie. »Ich war eingeschlafen.«

»Wir sollten uns beeilen, wenn wir rechtzeitig zur Vorstellung kommen wollen. Gute Nacht, Mr. Gregory, Mrs. Clayton.« Ivan riss die Haustür auf, griff nach Robins Hand, zog sie über die mit Fliegengittern eingefasste Veranda und über die Eingangstreppe hinunter zu seinem Truck.

»Immer mit der Ruhe«, sagte Robin. »Wir kommen schon nicht zu spät.«

»Du weißt genau, wie ich es hasse, wenn du nicht fertig bist«, sagte er. »Dein Vater sitzt da wie ein Zombie, und wenn ich ihn was frage, antwortet er höchstens mit einem einzigen Wort. Und deine Großmutter, die macht den Mund gar nicht wieder zu. Jetzt darf ich mit zehn Meilen zur Stadt schleichen, aber das kann sie sich abschminken!« Krachend legte er den Gang ein und donnerte aus der mit Kies bestreuten Einfahrt, das Radio auf voller Lautstärke.

Über die Schulter warf Robin einen Blick zurück und sah Libby an der Verandatür stehen, die Hände in die Hüften gestemmt.

»Bist du krank oder was? Kein Mädchen schläft ein, während es sich für eine Verabredung fertig macht. Schon gar nicht für eine mit mir.« Er lachte.

»Mir geht einfach die Hitze so auf den Geist. Für eine Minute habe ich mich hingelegt, und als Libby mich weckte, war plötzlich eine Stunde vorbei.«

»Na schön. Aber mach das nicht noch mal«, sagte er, nahm seine Hand vom Steuer und legte sie auf ihre.

Robins Blick streifte den Tacho, der Zeiger stand zitternd über der Fünfundsiebzigmeilenmarke.

»Gefällt mir, wie du aussiehst, so frisch aus dem Bett«, sagte er mit sanfterer Stimme. »Sexy.«

Robin zog ihre Hand weg und legte seine wieder auf das Lenkrad. »Bitte«, sagte sie.

»Wir hätten mit Marci und Bobby nicht ausmachen

sollen, dass wir uns vor dem Kino treffen. Wie du aussiehst, also ich würde am liebsten …«

»Ich freue mich schon auf den Film«, unterbrach ihn Robin. »Er soll super sein. Und Meryl Streep finde ich wirklich toll.« Sie plapperte weiter über den Film und merkte, dass sie es nur tat, um Ivan abzulenken. Beim Reden betrachtete sie seinen großen blonden Kopf, der sich vor dem dunklen Fenster des Trucks abzeichnete. Die Scheinwerfer der Autos, die ihnen entgegenkamen, beleuchteten kurz seine Züge, und Robin sah, wie er vor sich hin lächelte. Woran dachte er? An sie? An seinen Truck? An Football? Sie kannte ihn seit ihrem vierten Lebensjahr, doch sie hatte immer noch wenig Ahnung von dem, was ihm so durch den Kopf ging. Falls ihm überhaupt was durch den Kopf geht, dachte sie manchmal.

Als sie in Bennett waren, bog Ivan mit quietschenden Reifen auf einen Parkplatz an der Hauptstraße vor dem Eisenwarenladen. Sie liefen die Straße hinunter zum Kino, Robin im Trab, um mit Ivan Schritt zu halten. Eng aneinander gedrückt standen Marci und Bobby auf dem Bürgersteig und warteten.

»Na endlich, ihr beiden«, sagte Marci. »Der Film fängt gleich an. Hey, Robin, was ist denn mit deinem Gesicht?«

»Das kommt bloß von meinem Bettlaken. Ich bin nach dem Essen eingeschlafen.«

»Muss ja wahnsinnig aufregend sein, so eine Verabredung mit Ivan«, sagte Bobby. Ivan tat, als wolle er ihm einen Schwinger versetzen, und sofort fingen die Jungen einen Schattenboxkampf an.

»Hört auf, Leute«, sagte Marci. »Ich will den Anfang nicht verpassen.«

Als sie das verdunkelte Kino betraten, schob Ivan seinen Arm um Robins Taille und flüsterte: »Was meinst du, Rob? Warum setzen wir uns nicht in die hinterste Reihe?« Er küsste ihr Ohr.

»Ich ... wir setzen uns zu Marci und Bobby«, sagte sie. Was sie nach dem Kino mit Ivan im Truck machen würde, war allein ihre Sache; hier im Kino wollte sie keine Vorführung für die Allgemeinheit daraus machen.

Mürrisch trottete Ivan hinter Bobby und Marci den Gang hinunter. Doch als sie im Dunkeln saßen und der Film lief, legte Ivan den Arm um Robins Schultern und zog sie an sich. In ihrem Bauch kribbelte es. Auch wenn sie sich über ihn ärgerte – gegen den wohligen Schauder, den sie in solchen Situationen immer empfand, konnte sie sich nicht wehren. Es fiel ihr schwer, sich auf den Film zu konzentrieren, während er sie befummelte.

Nach dem Kino, das wusste Robin, würden sie ins *Café Crest* gehen und etwas essen. Das machten sie immer nach dem Kino. Das machten alle in Bennett immer nach dem Kino. Doch zuerst würden sie und Marci zur Damentoilette gehen. Auch das machten sie immer nach dem Kino.

»Warum lässt du nicht dein Haar länger wachsen, Rob?«, fragte Marci, als sie vor dem Spiegel stand und an ihrem eigenen langen Haar herumzupfte. »Es ist so schön und dicht, du könntest es ruhig länger tragen.«

Robin fuhr sich mit den Fingern durch ihr schulterlanges Haar. »Es wird dann so schnell unordentlich. Lang sieht es schauderhaft aus.«

»Ich bin froh, dass der gute Ivan sein Haar jetzt wachsen lässt. Mit Bürstenschnitt fand ich ihn unmöglich. Heute Abend sieht er toll aus, findest du auch?«

»Er sieht immer gut aus. Das ist ja das Problem. Irgendwie stört es mich, dass wir uns so wenig zu sagen haben. Aber wenn wir beide allein sind, ist Reden sowieso nicht angesagt.«

»Na und? Der Teil gefällt dir doch, oder?«

»Ja – aber es kommt mir immer so … so unpersönlich vor.«

»Na, hör mal, persönlicher geht's doch wohl nicht! Und keine Angst, je öfter ihr miteinander ausgeht, desto besser werdet ihr euch kennen lernen. Und jeden Samstagabend eine Verabredung, das ist nicht schlecht.« Marci trug frischen Lippenstift auf. »Oder würdest du lieber zu Hause sitzen und mit Libby Mensch-ärgere-dich-nicht spielen?« Herausfordernd blickte sie Robins Spiegelbild an und zog eine Grimasse.

»Ich glaube nicht, dass mir das so viel ausmachen würde wie dir. Nur, ich habe immer gedacht, wenn man einen Freund hat, wäre da mehr … mehr … ich weiß nicht … mehr irgendwas.«

»Man muss mit ihnen üben, verstehst du, so ähnlich, wie wenn man einem Tier etwas beibringt. Sieh dir Bobby an. Noch vor einem Monat hat er geglaubt, er könnte mit Mary Ann Peters und mir gleichzeitig gehen. Also, den Zahn habe ich ihm ganz schnell gezogen.«

Robin wünschte, sie wüsste immer so genau wie Marci, wie die Dinge zu sein hatten und wie nicht. Aber sie wünschte auch, Marci wäre nicht so gesetzt und zufrieden mit den kleinen Vergnügungen und Affären, die Bennett zu bieten hatte. Sie brauchte jemanden, der ihre Unruhe verstand. Auch wenn sie gemeinsam aufgewachsen waren und schon lange die besten Freundinnen, stellten sie an ihre Zukunft nicht die gleichen Erwartungen. Robin sah jeden Tag als kleinen Schritt zu dem einen, besonderen Tag, an dem sie aus Bennett weggehen würde. Für Marci war jeder Tag wie eine weitere Perle an einer Kette immer gleicher Tage.

Marci hakte sich bei Robin unter, und so gingen sie durch das Foyer zu den Jungen nach draußen. Robin fühlte sich schuldig und war der Freundin dankbar für ihre unerschütterliche Zuneigung.

Draußen wurden sie von Ivan getrennt. »Jetzt bekomme ich sie«, sagte er zu Marci, nahm Robin an der Hand und führte sie durch die warme Dunkelheit. Als sie im klimatisierten *Café Crest* eintraten, fröstelte Robin.

»Kalt?«, fragte Ivan und legte den Arm um sie. Wieder schauerte sie zusammen. Er hielt sie fester. »Komm, setz dich hier in die Ecke. Ich wärme dich.«

Die vier rutschten auf die Eckbank und Ivan drückte sich an Robin. Es war ihr peinlich, ihn so dicht neben sich zu haben, doch Marci zwinkerte ihr über den Tisch hinweg zu und Bobby schien in die Karte vertieft.

»Hi, Nikki«, sagte Robin zu der Kellnerin, die die beste Basketballerin in Robins Sportkurs war.

»Hi«, sagte Nikki und ließ mit einem Knall ihren Kaugummi platzen. »Was kann ich euch bringen?«

Marci bestellte Cola Light und Robin Orangensaft.

»Ich bekomme ein Stück *pie*«, sagte Bobby. »Was habt ihr für welche?«

»Apfel, Kirsch, Zitronenbaiser, Schokolade und Bananensahne«, sagte Nikki und setzte mit einer Kaugummidetonation den Schlusspunkt hinter ihre Aufzählung.

»Ich möchte Kirsch. Mit Eis. Was habt ihr für Eis?«

»Vanille, Schokolade, Nuss, Burgunder-Kirsch, Regenbogen-, Zitronen- und Orangensorbet.«

»Vanille.«

Nikki wandte sich an Ivan. »Und du?«

»Ich möchte auch *pie*.«

»Welche?«

»Was habt ihr?«

»Du hast es doch gehört«, sagte sie mit einem heftigen Kaugummischnalzer. »Welche willst du?«

»Ich hab's vergessen.«

»Apfel, Kirsch, Zitronenbaiser, Schokolade und Bananensahne.«

»Ich nehme Kirsch.«

Nikki notierte es. »Noch was?«

»Ach ja«, sagte Ivan. »Ich möchte meine *pie* mit Eis. Habt ihr Eis?«

Nikki sah ihn nur an.

»Willst du dich unbeliebt machen?«, fragte Marci.

»Was ist denn nun mit Eis?«, sagte Ivan unschuldig. »Gibt's welches oder nicht?«

Nikki ließ ihren Blick zur Decke rollen und schob den Kaugummi in die andere Backe. »Vanille, Schokolade, Nuss, Burgunder-Kirsch.«

»Auch Sorbet?«

»Ivan!«, rief Robin.

»Was willst du eigentlich beweisen?«, fragte Marci.

Bobby grinste.

Nikki stand mit dem Block in der Hand vor ihnen. »Okay, Klugscheißer. Was also?«

»Wie steht's mit Sorbet?«

»Regenbogen-, Zitronen- und Orangensorbet, Dr. Einstein.«

»Hey, kannst du nicht mal einen kleinen Spaß vertragen?«, fragte Ivan. Er drehte sich nach Bobby um. »Hat keinen Sinn für Humor, das Mädchen.«

»Jetzt reicht's, Ivan«, sagte Robin. »Bestell endlich, ja?«

»Ich nehme Vanille.« Nikki notierte es und ging.

»Wozu hast du das gemacht?«, fragte Robin.

»Nur so zum Spaß«, sagte Ivan. »Was ist schon dabei?«

»Also, ich finde, das war gemein.« Sie rutschte in den hintersten Winkel der Eckbank, weg von Ivan.

»Robin hat Recht«, sagte Marci. »Ihr habt euch wie Idioten benommen. Was glaubst du, wie Nikki sich gefühlt hat?«

»Weiß ich nicht«, sagte Ivan. »Hab nicht nachgefühlt.« Die Jungen sahen sich an und kicherten. Marci warf Robin einen angewiderten Blick zu und schüttelte den Kopf wie die Mutter von zwei ungezogenen Kindern.

Nikki brachte Cola, Saft und *pies*, stellte alles auf den Tisch und ging wortlos wieder davon.

Die Mädchen nippten an ihren Getränken und achteten nicht auf die Jungen, die so intensiv damit beschäftigt waren, Anzüglichkeiten auszutauschen, dass sie nichts mehr sahen und hörten. Nachdem sich alle gestärkt hatten, gingen die Mädchen hinaus, wo es immer noch feucht und warm war, während die Jungen die Rechnung bezahlten.

»Hoffentlich geben sie ihr ein großzügiges Trinkgeld«, sagte Marci. »Was für Blödmänner!«

»Sie waren kindisch«, sagte Robin. »Ich verstehe nicht, warum Nikki ihnen die *pies* nicht auf den Schoß hat fallen lassen.«

Bobby kam zuerst heraus, nahm Marcis Hand und machte sich mit ihr auf den Weg zu seinem Auto. »Jetzt zum gemütlichen Teil«, sagte er.

Marci sah über die Schulter zurück und rief Robin zu: »Ruf mich morgen Vormittag mal an.«

Ivan hatte seine große Hand um Robins Nacken gelegt, während er sie zu seinem Truck dirigierte. »Ach, komm. War doch nur Spaß. Du nimmst das zu ernst.«

»Für euch war es vielleicht Spaß, aber ich glaube kaum, dass Nikki es sehr witzig fand.«

»Sie war doch ganz cool. Du störst dich da mehr dran als sie.«

»Ich fand, es war erniedrigend.«

Sie waren beim Truck angekommen und Ivan öffnete die Tür für Robin. »Also gut. Es tut mir Leid. Ich hab mich wie ein Idiot benommen. Ich bin der größte Idiot der Welt. Bist du zufrieden? Nicht mehr sauer?«

»Nein, ich bin nicht mehr sauer. Aber vergiss nicht, dass du ein Idiot bist.«

»Nie. Das werde ich nie vergessen. Wie sollte ich auch, du wirst mich immer daran erinnern.«

Sie stiegen in den Truck. Ivan schaltete Klimaanlage und Musik ein, dann preschten sie über den Highway davon.

»Weißt du, was mir an dieser langen Straße zu dir nach Hause am besten gefällt?«, fragte er nach einer Weile.

»Was?«

»Dass sie so dunkel und einsam ist um diese Zeit. Dass ich an der Hecke neben dem alten Walnussbaum parken kann, direkt an der Straße zu eurem Haus, und niemand kann uns sehen.«

Ivan fuhr den Wagen unter den Baum und drehte das Licht ab. Den Motor ließ er laufen, damit die Klimaanlage und die Musik nicht ausgingen. Dann legte er den Arm um Robin. Automatisch drehte sie ihm das Gesicht zu, bereit für seinen Kuss.

Robin hatte das Gefühl, als sinke sie unter Wasser, wie sie es als kleines Mädchen in der Badeanstalt getan hatte. Da war sie oft auf den Grund des Beckens getaucht und hatte mit geschlossenen Augen den weit entfernten Geräuschen gelauscht, die durch das Wasser drangen. Ihr Haar schwebte um ihr Gesicht und sie fühlte sich benommen und wie im Traum.

Ivan legte die Hand auf Robins Brust. Sie wich zurück, und das Gefühl, weit weg zu sein von allem, zerbrach.

»Nicht.«

»Warum nicht? Wir gehen jetzt seit zwei Monaten miteinander und immer knutschen wir unter dem Baum hier wie die Verrückten. Es scheint dir doch genauso zu gefallen wie mir. Jedenfalls gehst du immer wieder mit mir aus. Oder machst du mir nur was vor?«

»Ich will einfach nicht, das ist alles.«

»Schön, dann entschuldige. Willst du mir vielleicht erklären, warum?« Sein Gesicht war so dicht an ihrem, dass sie seinen Atem auf der Wange spürte.

»Ich glaube, ich bin einfach noch nicht so weit. Ich mag dich, Ivan, aber weiter möchte ich im Moment nicht gehen.« Sie lehnte sich ein wenig zurück.

Er nahm den Arm von ihren Schultern und hielt sich am Lenkrad fest. »Dann heißt das also, dass wir nicht mehr miteinander gehen.«

»Das habe ich nicht gesagt.«

»Tut mir Leid, Süße. Es gibt eine ganze Menge anderer Mädchen, die mich ranlassen und ihren Spaß dabei haben. Ich kann mich nicht ewig zurückhalten. Mit dir habe ich mehr Geduld gehabt als mit jedem anderen Mädchen, mit dem ich schon gegangen bin.«

»Du meinst, sie alle haben dir erlaubt, was du von ihnen wolltest?«

»Ich hatte immer den Eindruck, sie wollten es auch.«

»Oh.« Aber sie, Robin, wollte nicht. Sie wollte sich nicht bedrängen lassen. Das Erlebnis, um das es ging, war zu wichtig, um es mit einem Menschen zu erfahren, dem sie so zwiespältige Gefühle entgegenbrachte wie Ivan.

»Ach, komm schon, Robin«, sagte er und legte wieder seinen Arm um sie. »So was Großes ist es doch auch wieder nicht. Alle machen es.«

»Es tut mir Leid. Ich kann nicht.« Sie wusste, dass sie es so meinte, aber gleichzeitig hätte sie es lieber nicht so gemeint. In diesem Augenblick wäre sie gern so wie alle anderen gewesen.

Er zuckte mit den Schultern. »Okay, okay. Hab schon verstanden. Du willst eben nicht.« Er fuhr los und ließ die Musik wieder dröhnen.

Ivan stoppte den Truck in der Einfahrt neben der vorderen Veranda, griff an Robin vorbei und machte ihr die Tür auf. »Bis demnächst. Sag Bescheid, wenn du's dir anders überlegt hast.«

Sie sprang aus dem Truck und lief zum Haus, während Ivan davonbrauste. Robin nahm ein Kissen von dem neuen Korbsessel auf der Veranda und schmetterte es mit aller Wucht durch die offene Tür in die Diele. Als sie hinterherlief, um es wieder zu holen, und dabei schuldbewusst daran dachte, wie lange Libby auf die neuen Verandamöbel gespart hatte, sah sie ihre Großmutter im Wohnzimmer sitzen und stricken.

»Heißt das, dass du keinen netten Abend gehabt hast?«, fragte Libby.

Robin ließ sich mit dem Kissen in beiden Armen auf das Sofa neben ihr fallen. »Ja, das heißt es.«

»Willst du's mir erzählen?«

Robin lauschte dem friedlichen Klappern von Libbys

Stricknadeln. »Ivan wollte was, was ich nicht wollte. Und jetzt will er nicht mehr mit mir ausgehen.«

»Bist du eher traurig oder eher wütend?«

»Ich weiß es nicht. Beides, glaube ich. Ich habe es ganz nett gefunden, einen Freund zu haben, auch wenn es nur Ivan war. Aber grässlich fand ich, wie er mich drängen wollte. Und ich ärgere mich, weil er es war, der entschieden hat, dass er mich nicht mehr sehen will. Ich wollte die sein, die das entscheidet.«

»Ja. So was selbst zu entscheiden tut gut. Wirst du ihn vermissen?«

»Ich glaube schon. Aber am meisten vermissen werde ich wahrscheinlich, ein ›Mädchen mit Freund‹ zu sein – es ist solch ein untrüglicher Beweis, dass man normal ist.«

»Mach dir keine Gedanken. Du hast das Richtige getan. Du warst ehrlich zu dir selber und das zählt. Glaub mir, ich weiß, wovon ich rede. Ich hatte zwei kaputte Ehen, weil ich es jedem recht machen wollte. Erst als ich dahinter kam, was ich selbst wollte, habe ich einen guten Mann bekommen.«

»Meinst du, dass mich je einer heiraten wird?« Robin lehnte ihren Kopf an die Rücklehne der Couch.

Libby hörte auf zu stricken. »Deine Mutter hat mich früher genauso gefragt. Und ich werde dir dasselbe sagen, was ich ihr geantwortet habe: Nur ein ganz bestimmter Mann ist gut genug für dich und mit ein bisschen Glück wirst du ihn finden.«

»Mama hat ihren Mann gefunden. Und noch dazu in

Bennett. Ich glaube nicht, dass es in Bennett jemanden für mich gibt.«

»Nun, ich bezweifle, dass du für immer in Bennett bleiben wirst. Du nicht.«

»Ich hoffe, du hast Recht. Ich würde mich hinlegen und sterben, wenn mir einer sagen würde, dass ich hier nie rauskomme. Allein die Vorstellung macht mich krank.«

Libby tätschelte Robins Knie und nahm ihre Strickerei wieder auf.

»Was machst du da?«, fragte Robin.

»Einen Pullover für dich.«

»Pullover! Sprich bloß das Wort nicht aus bei diesem Wetter!«

»So wird es nicht ewig bleiben.«

»Mir kommt's aber jetzt schon vor wie eine Ewigkeit.« Sie stand auf. »Ich bin total fertig. Ich muss ins Bett.« Sie streckte sich und küsste Libby auf die Wange. »Bis morgen früh.«

»Gute Nacht, Kleines. Unser Gespräch heute Abend erinnert mich so sehr daran, wie deine Mutter und ich früher miteinander geredet haben. Es versetzt mich zurück in die Vergangenheit …«

Robin küsste Libby noch einmal und ging hinauf in ihr Zimmer.

Im Bett dachte sie über Ivan nach und versuchte, eine behagliche Schlafstellung zu finden. Sie hatte geglaubt, dass sie augenblicklich einschlafen würde, so müde war sie, aber sie konnte sich nicht entspannen. Ob sie Grippe bekam? Ihr tat alles weh und sie fühlte sich auch ein wenig fiebrig. Wahrscheinlich war es nur das Wetter, das ihren Körper durcheinander brachte. Auch Ivan hatte ihren Körper durcheinander gebracht.

Er war ein Schwachkopf, ohne Frage. Das hatte er heute Abend bewiesen. Mehr als einmal. Trotzdem, sie wusste, dass sie ihn nicht gern in der Schule über den Flur laufen sähe, den Arm um ein anderes Mädchen gelegt. Erstaunt spürte sie, wie Tränen in ihr aufstiegen und aus ihren Augenwinkeln aufs Kopfkissen tropften.

Robin hörte, wie Libby die Treppe heraufkam und in ihr Zimmer ging. Sie hatte jetzt das große Schlafzimmer mit extra Sitzecke und Bad, das Zimmer, das früher Will und Julie gehört hatte. Nachdem Julie gestorben war, hatte sich Will geweigert, dort zu schlafen. Er war in das kleine Zimmer auf der anderen Seite des Flurs gezogen, das von Robins Zimmer nur durch ein Bad, das sie gemeinsam benutzten, getrennt war.

Mit einem Zipfel ihres Betttuchs wischte Robin sich die Tränen ab. Sie hoffte, Libby würde Recht behalten damit, dass sie aus Bennett fortkäme. Zum College vielleicht. Vieles an Bennett liebte sie – immerhin war es ihr Heimatort –, aber sie hätte gern ein Leben gelebt, in dem es noch andere bedeutende Ereignisse gab als die Ernte und die Footballspiele der Highschool. Und in dem sie jemanden kennen lernen könnte, der ganz und gar anders als Ivan war.

»Schlafen ist wohl dein neuestes Hobby?«, fragte Libby.

Robin schlug die Augen auf und sah Libby vor ihrem Bett stehen. »Hi«, sagte sie schläftig. »Wie spät ist es?«

»Halb eins. Ich bin schon wieder aus der Kirche zurück, habe mit Kochen angefangen und drei Ladungen Wäsche gewaschen. Sogar deine Arbeiten habe ich mit erledigt. Die arme Kuh war schon ganz erschöpft vom Warten, dass du zum Melken kommst, und die Hühner haben wegen ihres Morgenfutters fast die Küchentür eingerannt.«

Robin versuchte zu lächeln, aber ihr Gesicht war zu steif. Trotz des ausgiebigen Schlafes fühlte sie sich nicht ausgeruht.

»Geht's dir gut?«, fragte Libby. Sie beugte sich über Robin und befühlte ihre Stirn. »Du bist ja heiß! Ich glaube, du hast Fieber. Ich hole das Thermometer. Bleib liegen.«

»Keine Angst, ich laufe nicht fort«, sagte Robin. Sie fühlte sich so schwer und bleiern, als könne sie sich überhaupt nicht mehr rühren.

Libby maß Robins Temperatur: 38,5. »Kein Wunder! Tut es dir irgendwo weh? Entzündeter Hals? Ohrenschmerzen?«

»Nein. Mir tut's einfach überall weh. Meine Muskeln.«

»Hört sich nach Grippe an. Und so kurz vor den Ferien. Hättest du nicht noch eine Woche warten können?«

»Und die Examen … vergiss die Examen nicht.«

»Du wirst keine Schwierigkeiten mit den Prüfungen haben, auch dann nicht, wenn du ein paar Tage Schule versäumst. Jetzt musst du erst mal gesund werden. Ich gehe runter, wärme dir ein bisschen Hühnersuppe und mache Wackelpudding. Möchtest du sonst noch was?«

»Nein.« Suppe und Wackelpudding waren schon mehr, als sie wollte.

Libby ging hinunter und Robin tappte mühsam und mit schwindligem Kopf ins Badezimmer. Als sie wieder in ihrem Bett lag, war sie völlig erschöpft.

Libby kam mit Toastbrot, Suppe und Orangensaft und stellte das Tablett auf Robins Nachtkästchen. »Brauchst du Hilfe?«

»Nein. Setz dich einfach nur her.«

Libby zog sich einen Sessel heran und befreite ihn von einer Sammlung von Kleidungsstücken. »Kein Wunder, dass du nie was Sauberes zum Anziehen findest.« Sie setzte sich. »Hoffentlich hast du Ivan gestern Abend mit der Grippe angesteckt. Wäre ein nettes Abschiedsgeschenk. In meinem Leben gab es oft Zeiten, da hätte ich mir eine ordentliche Krankheit gewünscht, um sie jemandem anzuhängen.«

»Deinen Ehemännern vor Herb?«, fragte Robin zwischen zwei Löffeln Suppe.

»Dem zweiten allemal. Vielleicht nicht dem ersten.«

»Warum hast du das erste Mal so jung geheiratet?« Robin konnte sich nicht vorstellen, in ihrem Alter zu heiraten – mit siebzehn.

»Weil ich die Finger nicht von ihm lassen konnte. Oder er nicht von mir. Wenn es einem damals so erging, musste man heiraten. Wir bekamen ein Baby, aber nach zwei Jahren wusste ich, dass es mit uns nie richtig funktionieren würde. Er war nicht bereit, eine Familie zu unterhalten, abends nach Hause zu kommen, einen Teil seines Gehalts zu sparen – all diese Alltagsdinge eben. Dann bekam das Baby Lungenentzündung und starb, und das war das Ende. Kein Grund mehr, länger zusammenzubleiben. Er hatte ein liebes Gesicht, na gut, und einen schönen Körper, aber ich habe ihn nicht einen einzigen Tag vermisst, seit wir uns voneinander verabschiedeten. Gesehen habe ich ihn nicht mehr seit – oh, das muss über dreißig Jahre her sein.« Sie warf Robin, die die Hälfte ihrer Suppe stehen gelassen und sich wieder zurückgelegt hatte, einen besorgten Blick zu. »Nun sieh dich an, schläfst ein, während ich hier schwatze und quassle.« Sie stand auf und nahm das Tablett. »Schlaf ein bisschen. Das ist die Medizin der Natur.«

Robin rollte sich herum und war eingeschlafen, ehe Libby das Zimmer verlassen hatte.

Als sie die Augen wieder aufmachte, hing das Licht des Sonnenuntergangs in ihrem Zimmer. Ihr Mund war trocken und sie fühlte sich steif und wund. Sie versuchte, sich zu strecken, aber es half nichts.

»Wie geht's dir?«, fragte ihr Vater. Robin hatte im dämmrigen Licht nicht gesehen, dass er im Sessel saß und Knoten in ein Stück Bindfaden band – was er immer tat, wenn er sich Sorgen machte.

»Hi, Daddy. Ungefähr wie vorhin, glaube ich. Ich hatte gehofft, es würde mir besser gehen.«

»Brauchst du was?«

»Du kannst mir aufhelfen. Ich muss ins Bad.«

Er half ihr aus dem Bett und sie stützte sich auf ihn, während sie zum Badezimmer gingen. Er war ein starker Mann, groß und breit, und seine Gegenwart beruhigte sie immer.

Als sie im Bad fertig war, packte er sie wieder ins Bett und küsste sie auf die Stirn.

»Ruh dich aus«, sagte er. »Du willst doch schnell gesund werden.« Er küsste sie noch einmal. »Hungrig?«

»Nein. Nur müde.«

»Ich bleibe eine Weile hier sitzen, wenn du willst.«

»Gern. Mach dir nichts draus, wenn ich wieder einschlafe. Hat nichts mit dir zu tun.«

Er lächelte und setzte sich in den Sessel.

Sie schlief ein.

Beim nächsten Aufwachen war es früher Morgen. Sie redete sich ein, dass es ihr besser ginge, doch als sie versuchte, aus dem Bett zu steigen, merkte sie, dass sie zu schwach und wacklig war, um zur Schule zu gehen.

Libby war im Zimmer, als Robin aus dem Bad kam. »Wie fühlst du dich?«

»Lausig.«

»Schule?«

Sie schüttelte den Kopf.

»Okay. Dann schnell ins Bett. Ich bring dir das Frühstück rauf.«

Robin verbrachte den größten Teil des Tages schlafend

und dösend. Als sie am Nachmittag aufwachte, war sie enttäuscht, weil es ihr immer noch hundsmiserabel ging. Aber das Kranksein hing ihr zum Hals heraus, deshalb zog sie Jeans und ein T-Shirt an und ging hinunter, setzte sich auf das Sofa im Wohnzimmer – und schlief wieder ein.

Zum Abendessen ging sie zu Libby und Will in die Küche, aber sie hatte keinen rechten Appetit, obwohl Libby ihr Lieblingsessen gemacht hatte, Makkaroni und Käse mit Tomaten, hinterher Haferplätzchen.

Nach dem Essen, während Libby die Küche sauber machte und Will hinausging, um die Kultivatorschaufeln zu schärfen, saß Robin im Wohnzimmer, so erschöpft, dass sie bezweifelte, ob sie es die Treppe hinauf und ins Bett schaffen würde.

Als das Telefon klingelte, kostete es sie große Anstrengung, den Hörer aufzunehmen.

»Hi«, sagte Marci. »Geht's dir besser? Ich habe gestern ein paar Mal angerufen, aber Libby sagte, du wärst krank.«

»Mir geht's immer noch miserabel. Ich hoffe, ich kann morgen zur Schule kommen.«

»Das wäre vielleicht nicht schlecht ...«

»Warum?«

»Ivan erzählt jedem, er hätte mir dir am Samstagabend Schluss gemacht, und jetzt wärst du so durcheinander, dass du nicht zur Schule kommen könntest. Bist du wirklich deshalb krank?«

»Dieser Scheißkerl! Na, warte.«

»Komm schon, erzähl. Was war denn los?«

»Er ist mir auf die Pelle gerückt, und als ich Nein sagte, fand er das nicht so toll. Er hat gesagt, er würde nur dann weiterhin mit mir gehen, wenn ich nachgebe, und das habe ich nicht vor.«

»Du kannst sicher sein, dass Ivan diese Geschichte nie erzählen wird. Wie willst du ihn denn wieder einfangen?«

»Wieder einfangen? Ich will ihn nicht mehr.«

»Bist du sicher? Samstagabende können furchtbar eintönig sein. Und er mag dich so.«

»Ich bin nicht sicher, ob er mich immer noch mag. Und überhaupt, ich fürchte mich nicht vor den Samstagabenden.«

»Mal ehrlich, Rob. Jeder Freund ist besser als keiner. Na ja, fast jeder. Die Hauptsache ist doch, man hat jemanden, der so weit in Ordnung ist, dass man mit ihm ausgehen kann. So hat man immerhin was zu tun, während man auf den Märchenprinz wartet.«

»Mein Märchenprinz wohnt nicht in Bennett. Ich werde warten müssen, bis ich woanders bin und mich umsehen kann.« Sie nahm das Telefon mit und legte sich auf das Sofa.

»Ich verstehe nicht, warum es dich immer so von Bennett wegzieht. Es gibt doch eine ganze Menge netter Sachen hier: Gemeindeabende, Jugendtreffs, Picknicks.«

»Ach, Marci, das alles gefällt mir ja. Ich will nur mehr.«

»Also«, sagte Marci, eine Spur Ratlosigkeit in der Stimme, »ich hoffe, du findest es. Meinst du, dass du morgen zur Schule kommen kannst?«

»Ich komme, und wenn ich im Sterben liege. Alle sollen wissen, dass mein Kranksein nichts mit Ivan zu tun hat.«

»Okay. Dann bis morgen. Und mach dich toll zurecht – falls der Märchenprinz in der Nähe ist.«

Am nächsten Morgen tat Robin immer noch alles weh und sie fühlte sich schwindlig, doch sie schminkte sich, wählte mit Sorgfalt ihre Garderobe aus und ging zur Schule. Sie würde es Ivan schon zeigen.

Leicht war es nicht. Sie konnte nicht klar denken und immer wieder fielen ihr die Augen zu. Sie brauchte ihre ganze Kraft, um sich von einer Unterrichtsstunde zur nächsten zu schleppen, und konnte sich auf das, was die Leute zu ihr sagten, nicht konzentrieren.

Ein paar Mal kam Ivan auf dem Gang an ihr vorbei, tat aber, als hätte er sie nicht gesehen. Und Robin war viel zu sehr davon in Anspruch genommen, irgendwie diesen Tag zu überstehen, als dass sie ihm in beeindruckender Weise hätte zeigen können, wie gut sie ohne ihn auskam.

Zu Hause legte sie sich sofort ins Bett, war zu müde zum Essen und schlief über ihren Büchern ein.

So quälte sie sich auch durch die nächsten drei Tage, fest entschlossen, das Schuljahr erfolgreich abzuschließen. Noten, gut genug, um sie für ein College-Stipendium zu qualifizieren, das war ihre Fahrkarte in die Welt, und sie hatte nicht vor, sich wegen dieser Grippe ihre Zukunft zu ruinieren.

Wenn sie nicht gerade lernte, schlief Robin das ganze Wochenende über, aber am Montagmorgen fühlte sie sich immer noch nicht wie sonst.

»Kein Wunder, dass es dir noch nicht wieder gut geht«, schimpfte Libby. »Wenn man krank ist, legt man sich hin und pflegt sich, bis es besser wird. Wenn du aufstehst und zur Schule rennst und all so was, wirst du nie gesund. Das müsste dir doch einleuchten.« Sie stellte einen Teller mit Schinken, Eiern und Toast vor Robin hin. »Iss etwas.«

Robin knabberte an einem Toast und aß ein paar Bissen Ei. Sie konnte die Ringe, die unter ihren Augen lagen, fast spüren.

»Wann hast du deine letzte Prüfung?«, fragte Libby.

»Mittwoch. Warum?«

»Ich vereinbare einen Termin bei Dr. Paul für Mittwochnachmittag. Es gefällt mir nicht, wie sich das hinzieht.«

»Und wenn es bis dahin besser ist?«

»Dann sage ich den Termin wieder ab. Ich hoffe, dass ich ihn absagen kann.«

»Ich muss zur Schule. Bis heute Nachmittag.«

Robin blinzelte mit brennenden Augen auf die Wörter ihrer Examensfragen. Der Kopf tat ihr weh, und ihre Gedanken ließen sich nicht auf die Reihe bringen. Mühsam arbeitete sie sich durch die Tests und tat ihr Bestes, fürchtete aber, dass ihre Antworten nicht gut genug waren. Der einzige Vorteil von Prüfungstagen war, dass sie kürzer waren als gewöhnliche Schultage.

Am Mittwoch nach Schulschluss stieg Robin mit matter Erleichterung in den alten blauen Honda ihrer Mutter und fuhr langsam nach Hause. Eine Begegnung mit Ivan, bei der sie sich cool, aber herzlich hätte geben wollen, hatte sich nicht einrichten lassen, doch es war ihr nun egal. Er entschwand bereits aus ihrem Sinn. Und dass die Schule mit ihrem Geschwätz und den verwickelten Beziehungen der Schüler untereinander nun bis zum Herbst zu Ende war, auch das war ihr nur recht.

Als sie nach Hause kam, erinnerte Libby sie an den Arzttermin.

»Ach bitte, Libby. Lass mich schlafen. Es wird besser werden, wenn ich nur im Bett liegen bleiben kann.«

»Nichts da. Steig ein. Diese Sache dauert schon zu lange. Du kannst unterwegs schlafen.«

Sie schlief wirklich. Als Libby in eine Parklücke vor Dr. Pauls Praxis einbog, wachte Robin auf. Dr. Paul war ihr Hausarzt, schon seit er sie an einem regnerischen Maiabend auf die Welt befördert hatte. Er hatte ihren gebrochenen Arm eingegipst, eine Wunde am Kinn genäht, die Mandeln herausgenommen, Hausbesuche gemacht, als sie Masern, Mumps und Windpocken gehabt hatte, und ihr immer, wenn er mit der Untersuchung fertig war, einen Witz erzählt und einen Lutscher geschenkt.

»Was gibt's, Robin?«, fragte Dr. Paul, als sie ins Sprechzimmer kam. Sie setzte sich auf die weiße Papierunterlage auf der Untersuchungsliege. »Deine Großmutter sagt, du bist nicht ganz auf dem Posten?«

»Sie macht sich zu viel Sorgen. Ich hatte die Grippe, aber ich musste wegen der Abschlussprüfungen weiter zur Schule gehen, deshalb konnte ich mich nicht lange genug ausruhen. Und es ist so heiß, ich komme mir die ganze Zeit vor wie ausgehöhlt.«

Er steckte ihr ein Thermometer in den Mund. »Dann wollen wir also mal nachsehen, was da nicht stimmt.« Er kontrollierte ihren Blutdruck. »Der sieht gut aus.« Er zog das Thermometer aus Robins Mund. »Hm, ein bisschen Temperatur, aber nicht weiter schlimm.«

»Wie hoch?«

»38,1. Dann wollen wir noch ein bisschen Blut abnehmen und den Urin untersuchen. Tut dir irgendwas weh?«

»Ja, alles, aber meistens bin ich einfach nur müde.«

»Leg dich hin, dann werde ich dich erst mal gründlich untersuchen.«

Dr. Paul hielt ihre Arme hoch. »Woher hast du denn diese blauen Flecke? Bist du in eine Rauferei geraten?«

»Blaue Flecke?«, fragte sie und zum ersten Mal bemerkte sie mehrere dunkle Flecke auf der Unterseite ihrer Arme. »Ich weiß nicht. Vom Arbeiten auf der Farm wahrscheinlich.«

Sie schlief beinahe ein, während er sie untersuchte, und der Gedanke, dass sie sich hinterher wieder anziehen musste, brachte sie fast zum Heulen. In ihrem Kopf hämmerte es und ihre Augäpfel wirkten trocken und kratzig.

»Was ist schwarz und weiß und ein Polyp sitzt mitten drin?«, fragte er und gab ihr einen Lutscher.

Dieses Rätsel hatte sie schon mal woanders gehört,

aber es enttäuschte ihn immer so, wenn man die Pointe bereits kannte, also zog sie die Schultern hoch.

»Ein Polizeiauto«, sagte er lachend und Robin brachte ein Lächeln zustande. »Ich rufe dich am Freitag an wegen der Testergebnisse. Jetzt geh nach Hause und leg dich ins Bett.«

»Kann's kaum erwarten. Bis Freitag dann.«

Sie schlief auf dem Heimweg im Auto, eingelullt vom Summen der Klimaanlage, und sie schlief die nächsten zwei Tage fast ununterbrochen.

Am späten Freitagnachmittag stieg sie die Treppe hinunter in die Küche, wo Libby gerade das Essen machte. Libby stand am Tisch, warf Hühnchenteile in aufgeschlagenes Ei, dann in Semmelbrösel und verteilte dabei Ei und Brösel über den ganzen Tisch.

»Was hat dir das arme Hühnchen getan, dass du so wütend bist?«, fragte Robin, während sie hinter ihrer Großmutter stehen blieb.

Libby ließ ein Stück Huhn auf den Boden fallen. »Ach, du Schreck! Du willst wohl, dass mich der Schlag trifft?« Sie hielt sich die Hand über das Herz. »Ich habe dich nicht kommen hören.«

»Sieht ganz so aus«, sagte Robin und steckte sich ein paar Semmelbrösel in den Mund.

»Dir geht's scheinbar wieder besser. Immerhin gut genug, um dich hinter deine alte Großmutter zu schleichen und sie halb zu Tode zu erschrecken.«

»Ja«, sagte sie. Es stimmte zwar nicht ganz, aber

schließlich musste sie ja einmal wieder gesund werden, und außerdem sollte Libby nicht dauernd solchen Wind machen.

»Höchste Zeit auch, dass du was Ordentliches isst. Ich seh dich nicht gern so mager. Was hältst du von einem Glas Milch und Keksen, bis das Essen so weit ist?«

»Okay.« Sie würde sich Libby zuliebe Mühe geben.

Libby stellte ein Glas Milch und einen Teller Kekse vor Robin hin.

»Wenn ich diese Hühnchen jetzt nicht endlich in die Pfanne kriege, werden wir heute Abend überhaupt kein Essen haben. Und dein Daddy hat bestimmt noch größeren Appetit als du. Kommt immer tropfnass und hungrig wie ein Bär von den Feldern nach Hause und verliert trotzdem nie ein Wort darüber, wie schwer er arbeitet.« Sie legte die Hühnchenteile in eine Pfanne mit heißem Fett. »Wenn's hoch kommt, sagt er ›Heiß heute draußen‹ oder so was. Julie muss das Gefühl gehabt haben, als ob sie dauernd mit sich selber redet. Zum Glück bist dann du gekommen, da hatte sie jemanden, der ihr eine Antwort gab. Ich für mein Teil habe immer gern einen gesprächigen Mann gehabt. Einen Mann, der auch mal einen Spaß machen kann. Das ist wichtig. Weiß der Himmel, das Leben gibt einem wenig genug zum Lachen.« Sie wendete die Hühnchenteile. »Meine Julie konnte so schön lachen. Ich habe nie ein sonnigeres Kind gekannt. Sie hat eben was Besonderes in deinem Vater gesehen – das habe ich mir immer wieder gesagt. Sie hätte eine Menge anderer Jungen haben können, aber sie wollte ihn. Und noch dazu war sie glücklich mit ihm.

Dafür bin ich ihm dankbar. Ich habe nicht verstanden, warum sie ihn genommen hat, aber ich bin dankbar, dass sie glücklich war. Freilich gibt es viele Ehepaare, bei denen ich mir nicht recht vorstellen kann, warum sie zusammen sind, aber was weiß ich schon? Habe ja selber ein paar merkwürdige Entscheidungen getroffen, nicht wahr?«

»Mann, Libby, du bist ja richtig süchtig nach einem Gesprächspartner«, sagte Robin. »Vielleicht sollte ich dir zu Weihnachten einen Papagei schenken.«

Libby wandte sich vom Herd ab und lachte. »Wahrscheinlich hast du Recht. Ich bin eine Schwätzerin und es trifft mich immer hart, wenn ich niemanden zum Zuhören habe.« Sie ging auf Robin zu und umarmte sie. »Ich bin so froh, dass es dir besser geht. Endlich habe ich mein Publikum wieder.«

Die Tür knallte ins Schloss, als Will mit durchnässtem, an die Haut geklatschtem Hemd in die Küche kam. »Robin«, sagte er überrascht. »Du hast dich also endlich entschlossen aufzuwachen.« Er ging zur Spüle, um sich die Hände zu waschen. »Heiß heute draußen.«

Libby stupste Robin mit dem Ellbogen in die Rippen.

»Ich zieh mir ein anderes Hemd an und bin gleich wieder da.« Er ging die Treppe hinauf und zog einen Staubschleier hinter sich her, den er von den Feldern mitgebracht hatte.

Libby legte die Hühnchenteile auf eine Platte und füllte Kartoffelbrei und grüne Bohnen in Schüsseln. »Und zum Nachtisch gibt es Kuchen mit Schokoladenguss«, sagte sie, als sie das Geschirr auf den Tisch stellte.

Will kam die Treppe herunter und nahm seinen Platz am Tisch ein. Er saß Robin gegenüber, Libby in der Mitte. Libby senkte den Kopf und streckte Will die eine Hand, Robin die andere entgegen. Beide ergriffen Libbys Hände und senkten ebenfalls die Köpfe. Für ein paar Augenblicke sprach niemand. Dann hob Libby den Kopf, nahm die Platte mit Hühnchen und reichte sie Will.

Libby fand, jeder solle an etwas glauben. Es war ihr einerlei, wie die Leute es nannten, ob sie an Gott glaubten, an das Schicksal oder an den Wind in den Bäumen, solange sie nur die Tatsache würdigten, dass zweifellos ein höheres Wesen dafür sorgte, dass die Planeten auf ihren Bahnen blieben, die Sonne am Himmel und dass Tiere und Menschen sich fortpflanzten. Außerdem hatte sie gern jemanden, an den sie ihre Gebete richten konnte. »Ich weiß nicht, ob Beten etwas bewirkt«, sagte sie immer, »aber ich fühle mich meistens besser, wenn ich bete. Vielleicht ist das ja schon die Wirkung.«

»Hat Dr. Paul angerufen?«, fragte Robin.

»Ja. Ja, hat er.« Libby reichte Robin die Platte mit Hühnchen. Will hörte zu kauen auf und sah sie an. »Er hat angerufen, als du mit dem Kultivator draußen warst. Hätte ich etwa über zig Felder laufen sollen, um dich zu suchen? Ich wusste nicht mal, ob du im Mais oder in den Bohnen warst.«

»Und?«, fragte Robin.

»Also, er meint, du solltest noch ein paar Untersuchungen machen lassen.«

Will legte seine Gabel weg. »Warum?«

»Wie soll ich das wissen? Die anderen haben wahrscheinlich nicht gereicht.«

»Gereicht wozu? Sie hat doch nur Grippe gehabt, oder?«

»Ich bin kein Arzt. Frag nicht mich.« Ein ungewohntes Zittern in Libbys Stimme ließ Robin aufhorchen.

»Wann sollen diese Untersuchungen stattfinden?«, fragte Will.

»Am Montag. So bald wie möglich, hat er gesagt. Sie soll ins Krankenhaus nach Jefferson und ein paar Tage dort bleiben – drei oder vier, hat er gesagt –, um sicherzugehen, dass die Untersuchungen ordentlich gemacht werden.«

»Krankenhaus?«, fragte Robin. Ihre Mutter war im Krankenhaus in Jefferson gestorben.

»Bennett ist eine kleine Stadt«, sagte Libby. »Wir haben hier nicht die entsprechenden Einrichtungen. Man fährt doch nur eine Stunde nach Jefferson.«

»Ich fahre mit ihr hin«, sagte Will.

»Wie soll das gehen, Daddy?«, fragte Robin. »Was ist mit der Farm? Um diese Zeit ist am meisten zu tun im ganzen Jahr.«

»Raymond schafft das schon. Dazu hat man ja einen Arbeiter.«

»Für einen Einzigen ist die Arbeit im Sommer zu viel. Ich fahre allein hin. Es geht doch nur um ein paar Untersuchungen, sonst nichts.«

»Seid nicht dumm«, sagte Libby. »Ich fahre mit ihr. Dich würde es verrückt machen, Will, wenn du untätig herumsitzen und warten musst – bei deiner vielen Arbeit. Ich werde Minerva bitten, dass sie dir jeden Abend Essen bringt.«

Robin stand auf. »Macht es nicht so kompliziert. Libby kann mich hinbringen, mit dem Arzt sprechen und dann nach Hause fahren. Wenn ich fertig bin, kommt sie wieder und holt mich ab. Reden kann ich mit euch am Telefon. Die Ärzte auch. Es ist nicht nötig, dass ihr hier alles auf den Kopf stellt oder einer von euch Geld ausgibt – Hotelzimmer und Essen im Restaurant, das können wir uns doch gar nicht leisten –, nur damit er den ganzen Tag rumsitzt und sich langweilt. Das ist doch verrückt.«

»Deine Großmutter und ich werden es entscheiden«, sagte Will.

Robin ging hinauf und legte sich auf ihr Bett. Der einzige Grund für weitere Untersuchungen, den sie sich denken konnte, war ein schlimmer.

Sie dachte an die Zeit, als ihre Mutter im Krankenhaus in Jefferson gewesen war. Robin hatte Stunden damit zugebracht, sie zu beobachten, zu warten, dass ihre Augen sich öffneten, zu hoffen, dass die tüchtigen Ärzte und Krankenschwestern ein Wunder vollbrachten. Der Betrunkene, der in Julies Truck gerast war, war mit einem Kratzer über dem rechten Auge davongekommen; Julie hatte elf Tage im Koma gelegen, dann war sie gestorben. Nie würde Robin vergessen, wie der Truck ausgesehen hatte: die Fahrerseite eingedrückt, der Beifahrersitz und die Ladefläche voller Lebensmittel, außerdem Arznei für die kranke Kuh, ein Zentnersack Zement, Stoff für ein

Kleid für Robin, zwei Rollen Bindfaden und ein Sack Hühnerfutter – alles hatte so normal ausgesehen, als wäre dieser Tag ein ganz gewöhnlicher Einkaufstag gewesen.

Noch einmal in dieses Krankenhaus zu gehen würde grauenvoll werden.

Den Samstag verbrachte Robin in der Stadt. Libby hatte sie weisgemacht, dass sie Marci besuchen und sich nach einem Bademantel fürs Krankenhaus umsehen wolle. Stattdessen ging sie in die Bücherei und schlug die Symptome ihrer Krankheit nach, zu denen nun auch die unerklärlichen Flecke auf ihren Armen und anderswo gehörten. Es stellte sich heraus, dass sie alles Mögliche bedeuten konnten, von Blutarmut bis hin zu der einen oder anderen seltenen tödlichen Krankheit. Hinterher wünschte sie, sie hätte nicht nachgesehen. Sie wünschte, sie könnte ihr Fieber und die ständige Müdigkeit immer noch für Auswirkungen der Grippe halten.

Am Sonntag fuhr sie mit Libby zur Kirche. Sie ging nicht oft mit, obwohl Libby sich jedes Mal freute. »Morgenlicht leuchtet ganz wie am Anfang. Frühlied der Amsel Schöpferlob singt.« Libbys klare Altstimme stieg hoch zur gewölbten Decke und Robin malte sich aus, wie die Stimme an den schimmernden Glasfenstern vorbeiwehte und an den rotierenden Ventilatoren an der Decke und wie sie sich durch die Fugen des Daches drängte und direkt in Gottes Ohr schwebte.

Reverend Lyon begann seine Predigt: »Als Thema

heute Morgen habe ich gewählt: ›Gott zügelt den Sturm, der das geschorene Lamm umtost.‹« Er räusperte sich. »Wir alle haben in unserem Leben Zeiten durchgemacht, in denen wir das Gefühl hatten, dass wir unsere Sorgen nicht mehr bewältigen können; dass sie schwerer wiegen, als wir zu tragen vermögen.«

Robin konnte sich keinen Menschen vorstellen, dessen Äußeres weniger zu seinem Namen passte. Mit seinen kleinen Händen hielt Reverend Lyon die Bibel vor der Brust und Robin rechnete jeden Moment damit, dass er plötzlich den Kopf senken und ein Stück abbeißen würde. Hätte sie ihm einen Namen geben sollen, würde er Reverend Hamster heißen.

»Unser Herr ist gnädig. Er erlegt uns nicht mehr auf, als wir tragen können. Ihr mögt denken, es ist schon genug, was ihr bewältigen müsst, aber Unser Herr kennt uns besser als wir selbst. Er weiß, wann wir mehr tragen können und wann nicht. Lasst Ihn entscheiden. Stützt euch auf den Herrn. Wirklich und wahrhaftig, der Sturm wird gezügelt, der das geschorene Lamm umtost.«

Robin überlegte, was Reverend Hamster wohl über die Schafe sagen würde, die im Winter erfroren, wenn sie keinen Schutz vor den Stürmen oder kein Futter unter dem Schnee finden konnten. Für diese Lämmer wurde der Sturm nicht gezügelt. Aber sie konnte sich denken, was er dazu sagen würde. Dasselbe wie Libby. »Gottes Wege sind unerforschlich, und uns steht es nicht zu, sie in Frage zu stellen.«

Sie sah zu Marci hin, die auf der anderen Seite des Mittelgangs saß und an dem schmalen weißen Plastikgürtel ihres Kleides herumzupfte. Garantiert würde ihr Marci schon fünf Minuten nach der Predigt nicht mehr sagen können, worum es gegangen war.

»›Kommt zu mir, die ihr mühselig und beladen seid; ich will euch erquicken.‹ So wie Er es sagt, meint Er es. Vielleicht stellt Er euch auf die Probe. Hat Er nicht auch Hiob auf die Probe gestellt?«

Robin stieg das Wasser in die Augen, als sie versuchte zu gähnen, ohne dabei den Mund zu öffnen. Wie lange dauerte es wohl noch? Sie warf einen Blick über die versammelte Gemeinde und entdeckte Mr. Phillips, ihren Geschichtslehrer, der neben seiner Frau saß. In der Schule ging das Gerücht um, er habe ein Verhältnis mit Miss Ziegler, der Musiklehrerin. Vor ihm saß Charles Nichols, der Bankdirektor. Vor ein paar Jahren hatte man ihn verdächtigt, dass er nicht ganz korrekt mit dem Bankvermögen umgegangen war, aber es war nie etwas bewiesen worden. Vor ihm saß Maggie Nelson, die eifrigste Klatschtante der Stadt. Was lernten diese Leute hier? Welchen Nutzen brachte es ihnen, dass sie in die Kirche gingen? Hätten sie andernfalls noch mehr Fehler? Würden sie ihre Probe bestehen oder würden sie durchfallen? Was war mit Menschen wie Libby, die auch ohne Kirche gut sind? Alles sehr verwirrend, wenn sie es recht bedachte.

»Denn der Herr hat gesagt: ›Ich will dich nicht verlassen noch versäumen.‹ So können wir auch getrost sagen: ›Der Herr ist mein Helfer, ich will mich nicht fürchten; was sollte mir ein Mensch tun?‹ Hebräer 13, Verse 5 und 6. Ich bitte nun die Gemeinde, sich zu erheben für das nächste Lied.«

Robin sprang auf die Füße, sie hatte das Lied »Im Garten« schon aufgeschlagen.

Nach dem Gottesdienst beim Kaffeetrinken im Gemeindehaus kam Marci zu Robin, während Libby mit ihren Freundinnen plauderte.

»Ehrlich gesagt, du siehst nicht viel besser aus als letztes Mal. Ich dachte eigentlich, du wärst wieder okay.«

»Ich fühle mich aber besser«, schwindelte Robin. »Wann fängst du mit deinem Job im *Dairy Queen* an?«

»Morgen. Komm vorbei, dann serviere ich dir einen Eisbecher umsonst. Du kannst eine Kalorienbombe vertragen. Große Lust auf diesen Ferienjob habe ich nicht. Ich hätte nichts dagegen, mir auch so eine Grippe einzufangen. Und du, wann fängst du in der Bücherei an?«

»Nicht vor nächster Woche.« Über der Sache mit Ivan, den Prüfungen und ihrer Krankheit hatte sie fast ihren Sommerjob als Aushilfe in der Bücherei vergessen.

»Hast du Lust, morgen Abend was zu unternehmen?«, fragte Marci.

Robin hätte sich rechtzeitig eine Antwort auf diese Frage überlegen sollen, aber sie hatte nicht daran gedacht. Nach kurzem Schweigen sagte sie: »Ich kann nicht. Libby und ich fahren nach Jefferson, und ich weiß nicht, wann wir zurück sein werden.«

»Einkaufen?«

Robin zögerte. »Ja.«

»Ich würde zu gern mitfahren, aber morgen um diese Zeit werde ich schon zu den berufstätigen Mädchen gehören. Ruf mich an, wenn du zurück bist, und erzähl mir, was du gekauft hast. Ich muss jetzt los. Meine Mutrer wirft mir schon ihren berühmten Blick zu.«

Robin schlenderte zu Libby hinüber, die sich mit ihrer Freundin Minerva Hayle unterhielt. Sie trödelte ein wenig hinter Libby herum, damit sie sich nicht an der Unterhaltung beteiligen musste, und rätselte, warum sie Marci nicht den wahren Grund für ihre Fahrt nach Jefferson genannt hatte. Wollte sie Marci vor einem Schock bewahren? Oder sich selbst?

Libby verabschiedete sich von Minerva, und sie und Robin gingen zu Libbys altem Cadillac. »Scheint etwas kühler heute«, sagte Libby, »aber trotzdem kleben mir die Strümpfe an den Beinen. Wenn es doch endlich mal regnen würde!«

Als sie über den Highway nach Hause fuhren, die Tachonadel fünf Meilen über der erlaubten Geschwindigkeit, fragte Robin: »Libby, glaubst du, dass Gott wirklich den Sturm zügelt, der das geschorene Lamm umtost? Dass er sich überhaupt um so was kümmert?«

»Na ja, es sieht wohl so aus, als bekommem manche geschorenen Lämmer einen ordentlichen Schwall kalter Luft ab, nicht wahr?«, sagte Libby. »Vielleicht sind das eben die Lämmer, die es ertragen können.«

»Aber warum? Ich meine, warum müssen sie es überhaupt ertragen?«

»Ich weiß es nicht, Kindchen, aber ich stelle mir gern

vor, dass es für alles einen Grund gibt – ob ich ihn nun kenne oder nicht. Vielleicht bekommt, wer am meisten zu leiden hat, die größte Belohnung.« Sie stockte. »Das wäre schön.«

»Wie kann es einen vernünftigen Grund geben für all die Fürchterlichkeiten, die ständig passieren? Für Kriege, verhungernde Menschen und solche Dinge?«

»Ich weiß es leider auch nicht, Schätzchen. Deshalb stelle ich mir ja so gerne vor, dass einer, der es besser weiß als ich, alles in der Hand hat; dass ich zu einfältig bin, um mir das alles erklären zu können.« Sie regulierte die Klimaanlage. »Ganz genau aber weiß ich, dass du ein bisschen Fleisch auf die Knochen kriegen musst. Was möchtest du zum Essen? Ich mache alles, was du sagst. Nun? Was könnte dich verlocken?«

Die Wahrheit war: Nichts konnte Robin verlocken – sie hatte einfach keinen Hunger. Doch sie sagte: »Wie wär's mit Schinken und Maisbrot?«

»Nichts einfacher als das«, sagte Libby zufrieden, während sie den großen Wagen geschickt in die Einfahrt vor dem Farmhaus steuerte.

Am nächsten Morgen, gleich nach dem Frühstück, saßen Libby und Robin wieder im Auto. Es war schon heiß und die Felder längs des Highways lagen flimmernd, ausgedörrt und verbrannt in der Sonne. Die Klimaanlage in Libbys Wagen dröhnte.

Mit jedem weiteren glühend heißen Tag wuchs Wills Sorge um seine Ernte. Robin stellte sich vor, wie er jetzt auf dem Traktor saß, wie er einen prüfenden Blick erst nach der Egge hinter sich, dann zu dem wolkenlos blauen Himmel warf und wie sich rings um seine Augen immer wieder neue Blinzelfalten in die Haut gruben.

»Hast du alles, was du brauchst?«, fragte Libby. »Zahnpasta? Was zu lesen? Ich weiß nicht, warum sie dich so lange dort behalten müssen. Drei Tage, das reicht doch für alle Untersuchungen, die jemals erfunden wurden. Und das alles bestimmt wegen nichts und wieder nichts. Die erschrecken einen grundlos zu Tode. Da fragt man sich doch, was in den Köpfen der Ärzte so vor sich geht.«

Also hat Libby genau solche Angst wie ich, dachte Robin.

Im Krankenhaus verbrachten sie erst mal Ewigkeiten damit, Formulare auszufüllen und von einem Büro ins nächste zu wandern, bevor man Robin endlich ein Zimmer zuwies und sie hinbrachte. Vier Betten gab es in dem Raum – eins mit einem zugezogenen Vorhang ringsherum, eins mit einer schlafenden Frau und zwei freie. Libby eilte geschäftig hin und her, packte Robins wenige Utensilien aus und blieb schließlich, sich mit beiden Händen an ihrer Handtasche festhaltend, neben dem Bett stehen.

Eine Krankenschwester mit einem Essenstablett kam herein. Sie steuerte Robins Nachttisch an und stellte das Tablett darauf ab. »Ich heiße Virginia«, sagte sie. »Ich denke, ich kann wohl noch eine Portion lockermachen, wenn Sie gern zusammen essen möchten.«

Libby sah Robin an und Robin nickte.

»Bin gleich wieder da«, sagte Virginia.

Als sie mit dem Tablett für Libby zurückkam, sagte sie: »Robins erste Untersuchung wird nicht vor fünfzehn Uhr gemacht, lassen Sie sich also Zeit. Bis nachher.«

»Ich kann immer noch hier bleiben«, sagte Libby zu Robin, während sie ihren Geflügelsalat aßen. »Ich nehme einfach ein Hotelzimmer und rufe Minerva an, dass sie sich um deinen Dad kümmern soll. Das würde sie ohne weiteres tun.«

»Es ist okay, Libby, wirklich. Ich komme bestens zurecht, und du wirst sehen, die drei Tage sind schnell vorbei.«

Nach dem Essen griff Libby nach ihrer Handtasche und küsste Robin. »Ich werde dich jeden Abend anrufen«, sagte sie, dann drehte sie sich hastig um und ging mit glänzenden Augen davon.

Robin saß auf ihrem Bett und fühlte sich sehr allein. Das Essen der schlafenden Frau blieb unberührt auf dem Nachttisch stehen. Was sollte sie bloß mit der ganzen Zeit anfangen? Es war erst Viertel nach eins. Sie hatte keine Lust, sich jetzt schon im Nachthemd ins Bett zu legen – eine Weile noch wollte sie sich als gesunder Mensch fühlen und nicht als Patient. Sie beschloss, einen Erkundungsgang durch das Krankenhaus zu machen.

In der Luft hing ein scharfer Geruch, der ihr in der Nase brannte, und der Gegensatz zwischen den geschäftigen Krankenschwestern und den schwerfälligen Patienten ließ ein Gefühl des Unbehagens in ihr aufkommen. Wenn sie jemanden im Bademantel über den Gang schlurfen sah, überlegte sie jedes Mal, was ihm wohl fehlen mochte.

Im Geschenkeladen blätterte sie Zeitschriften durch, dann besuchte sie das Säuglingszimmer, um sich die Neugeborenen anzuschauen. Sie sahen so funkelnagelneu und unfertig aus, kaum zu glauben, dass sie zu richtigen Menschen heranwachsen würden.

Verblüfft stellte sie fest, dass sie sich nicht erinnern konnte, in welchem Zimmer ihre Mutter gelegen hatte. Sie hatte angenommen, dass sie das nie vergessen würde, aber nun sahen alle Zimmer gleich aus.

Als sie durch einen Gang im obersten Stockwerk schlenderte, kam sie an einer Glastür vorbei, auf der *Solarium* stand. Sie stieß die Tür auf und ging hinein. Der Raum war lang gestreckt und leer, er hatte viele Fenster und war mit Tischen, Sesseln und Liegen ausgestattet. An der Wand stand eine Reihe von Imbiss- und Getränkeautomaten. Grelles Sonnenlicht und das Summen der Automaten erfüllte den Raum. Robin fand in ihren Taschen genügend Münzgeld, um sich ein Getränk aus einem der Automaten zu kaufen.

Sie nahm die Büchse mit, setzte sich in einen Sessel am Fenster und sah auf die Straßen von Jefferson hinunter. All die Menschen da draußen gingen ihren Geschäften nach und verschwendeten keinen Gedanken an jene, deren Welt auf die Größe eines Krankenzimmers geschrumpft war. Robin fiel ein, dass sie damals, als ihre Mutter hier lag, überrascht gewesen war, dass sie immer noch zur Schule gehen konnte, Zähne putzen und fernsehen – all die gewöhnlichen Dinge, die so belanglos schienen, verglichen mit dem Kampf ihrer Mutter. Und wie erstaunt war sie gewesen, als ihre Mutter gestorben war und die Welt sich einfach weiter drehte, unbeeindruckt von der Katastrophe. Am liebsten hätte Robin gebrüllt: »Halt an! Wie kannst du nur so tun, als ob sich nichts geändert hätte!«

Sie hörte Schritte hinter sich, drehte sich um und erblickte einen großen, blonden jungen Mann in einem Krankenhaus-Bademantel, der ein Gestell mit einem Tropf vor sich herschob. Seine tiefe Sonnenbräune, die ihn so gesund aussehen ließ, passte nicht recht zu der Art, wie er gekleidet war.

»Stört es dich, wenn ich mich hierher setze?«, fragte er und deutete auf den Sessel neben Robin. Es gab viele andere Sessel im Raum und keine anderen Leute. Sie runzelte die Stirn, dann schüttelte sie den Kopf.

Er setzte sich und streckte seine langen Beine aus. »Besuchst du jemanden?«

»Nein.« Sie wollte jetzt nicht reden; so vieles ging ihr durch den Kopf, über das sie sich Klarheit verschaffen musste.

»Du bist Patientin?«

»Ja. Irgendwie schon.«

»Was soll das heißen?«

Sah er denn nicht, dass ihr nicht nach Reden zu Mute war? »Ich bin zur Untersuchung hier, das ist alles.«

»Findest du, dass ich unhöflich bin?«

Sie sah zu ihm hoch. Er war ungefähr neunzehn, hatte

ein gleichmäßiges, offenes Gesicht und rauchgraue Augen. »Ja. Du stellst einen Haufen Fragen. Und ich, ich bin ziemlich durcheinander.«

»Ich weiß, was du meinst. Ich kann Krankenhäuser auch nicht ausstehen.«

»Es ist das erste Mal, dass ich in einem Krankenhaus bin. Außer zu Besuch.«

»Ich war schon oft drin.«

»Warum?«

»Warum wohl? Ich war schon oft im Krankenhaus, weil ich oft krank war.«

»Entschuldige mal«, sagte Robin, »ich hab diese Unterhaltung nicht angefangen.«

»Hör zu, es tut mir Leid. Ich weiß nicht, was mit mir los ist. Na ja, eigentlich weiß ich es schon. Es ist die Chemotherapie, besonders die Hormone. Die sind schuld, die bringen mich immer aus dem Gleichgewicht. Normalerweise bin ich nicht so. Ich könnt's verstehen, wenn du lieber gehen willst.«

Robin rührte sich nicht. »Oh«, sagte sie mit piepsiger Stimme. »Du hast Krebs?«

Er nickte. »Leukämie.«

»Ich fürchte, genau das habe ich auch«, sagte sie leise.

»O Gott«, sagte er. »Das tut mir Leid. Werden deshalb die Untersuchungen gemacht?«

»Ich weiß es nicht. Ich habe eine Grippe gehabt, die gar nicht mehr weggehen wollte – so jedenfalls nennt es jeder. Aber ich bin zur Bücherei und habe meine Symptome nachgeschlagen, und sie können alle bedeuten, dass ich

Leukämie habe. Oder noch andere Fürchterlichkeiten. Ich glaube, meine Großmutter weiß etwas, das sie mir nicht erzählt, aber ich hab Angst, sie zu fragen.«

»Alle haben solche Angst vor Krebs«, sagte er nachdenklich. »Es ist, als ob man unter einem Fluch steht. Ich möchte mal wissen, ob sie dir erklärt hätten, warum die Untersuchungen gemacht werden müssen, wenn was mit deinen Augen nicht in Ordnung wäre. Bestimmt hätten sie's dir dann erklärt. Komisch, nicht? Lieber will ich Krebs haben, als blind zu sein oder keine Arme zu haben. Von Krebs werde ich vielleicht geheilt. Gegen Blindheit oder fehlende Arme kann man nichts machen.«

»Es gibt Armprothesen«, sagte Robin; irgendwie drängte es sie, ihn wieder zu beruhigen. »Damit kann man trotzdem voll leistungsfähig sein.«

»Ich will nicht nur voll leistungsfähig sein. Ich will vollwertig sein. Mehr als vollwertig. Das klingt komisch, aber ich weiß keinen anderen Ausdruck dafür. Ich bin so lange krank gewesen, ich will nicht nur bloß gesund werden, ich will weit darüber hinaus. In einen Zustand kommen, in dem mich nichts mehr umwerfen kann.«

»Ich hoffe, es gibt so was.«

»Ich auch. Für wie lange bist du hier?«

»Drei Tage. Und du?«

»Ich komme jeden Monat ein paar Tage her. Am ersten Tag werde ich mit dem Holzhammer bearbeitet, danach geht's mir ziemlich dreckig, während dieser Zeit passen sie auf mich auf, dann fahre ich nach Hause, dann komme ich wieder und alles geht von vorn los.«

»Was meinst du mit Holzhammer?«, fragte Robin.

»So nenne ich meine Chemotherapie. Wer immer solches Zeug erfindet, es bekommt auf jeden Fall einen unaussprechlichen Namen, damit man sich nicht merken kann, was man da verpasst kriegt. Und sollte man es nach einer Weile doch behalten haben, ändern sie die Medikation, und man ist so schlau wie am Anfang. Deshalb nenne ich einfach alles ›Holzhammer‹. Ich verstehe nicht, warum sie Medikamenten keine so hübschen, einprägsamen Namen geben können wie zum Beispiel Waschmitteln. Namen wie Bakterienkiller, Super-Kraft-Paket oder Mr. Cure. Sie könnten einen guten PR-Mann gebrauchen.«

Robin lachte. »Würdest du so was gern machen?«

»Nein, um Gottes willen. Ich will Reparaturmechaniker für Mikrowellenherde werden. Entweder das – oder in einer Firma für industrielle Gummiartikel arbeiten.«

»Im Ernst?«

»Ach was. Es passiert so viel Ernstes jeden Tag, warum soll ich den Überschuss noch erhöhen? Außerdem habe ich festgestellt, dass ich meinen Vater mit meiner Blödelei auf die Palme bringe, und alles, was diesen Effekt hat, kann nicht schlecht sein.«

»Hört sich an, als kommst du nicht gut aus mit deinem Vater.«

»Klar erkannt. Früher, da waren wir Freunde, der eiserne Mann und ich. Aber seit ich so krank bin, nicht mehr. Er fasst es als persönliche Beleidigung auf. Zum Glück hat er genug Geld und braucht bei meiner Behandlung nicht zu sparen. Dad, ich sag dir das ungern, aber manches liegt nun mal nicht in deiner Macht.«

»Wird es dir nicht Leid tun, dass du mir das alles erzählst?«, fragte Robin, überrascht von seiner Offenheit. »Du weißt nichts über mich ...«

»... und das werde ich auch nie, also ist es egal. Das gute alte Der-Fremde-im-Zug-Syndrom. So einem Fremden kannst du deine persönlichsten Dinge erzählen, weil du genau weißt, dass er nichts damit anfangen kann, höchstens nach Hause gehen und sagen: ›Mabel, ich hab heute im Zug einen ganz komischen Kerl getroffen. Du glaubst nicht, was der mir erzählt hat.‹ In welchem Zimmer bist du?«

»306. Warum?«

»Ich will nur sichergehen, dass ich dieses Zimmer meide. Wir dürfen uns nie mehr über den Weg laufen. Wenn dich wer fragt, sag ihm, du hast nie von mir gehört.«

»Hab ich ja auch nie. Ich weiß nicht mal deinen Namen.«

»Wunderbar. Dabei wollen wir es belassen.« Er erhob sich. »Ich fürchte, mir kommt mal wieder das Essen hoch. Leb wohl, meine Schöne«, sagte er und ging mit seinem rollenden Infusionsständer davon.

Robin sah ihm nach. Mabel, dachte sie, ich habe heute im Krankenhaussolarium einen ganz komischen Kerl getroffen.

Auf der Wanduhr war es fast drei, Robin trank aus, warf die Dose weg und ging zu ihrem Zimmer zurück.

Nichts hatte sich verändert. Um das eine Bett waren noch immer die Vorhänge gezogen, das zweite war noch immer leer, und die Frau im dritten schlief noch immer, nur ihr Tablett mit dem Essen war nicht mehr da.

Robin setzte sich auf ihr Bett und überlegte gerade, wie es nun weitergehen würde, da kam ein Assistent mit einem Metallkorb voller Glasröhrchen ins Zimmer.

»Bist du Robin Gregory?«, fragte er. Sie nickte, aber er überprüfte trotzdem ihren Namen auf dem Plastikband an ihrem Handgelenk. »Ich bin Dr. Dracula. Ich komme wegen einer kleinen Kostprobe, ha, ha, ha. Schon gut, Kleine, schau mich nicht so an. Ich brauche ein bisschen Blut von dir, das ist alles. Hast du einen Viertelliter übrig? Lass mich erst mal das Ding hier um deinen Arm legen, so. Jetzt mach eine Faust. Nicht zuschlagen, nur stillhalten. Ich muss dich mal kurz piksen. Es dürfte nicht weh tun, aber falls doch, kannst du losbrüllen. Ich verliere dann zwar meinen Job, aber nur zu, schrei, wenn du musst.«

Während er redete, hatte er schon eine ganze Spritze Blut gezogen, und Robin hatte es kaum gemerkt. »War doch gar nicht so schlimm, oder?«, fragte er und löste das Gummiband von ihrem Arm. »Wird bestimmt köstlich sein. Bis später, Kleine.« Er huschte aus der Tür.

Kaum war er verschwunden, kam ein Pfleger mit einem Rollstuhl. »Gregory?«, fragte er und griff nach ihrem Armband. »Röntgen«, sagte er.

»Muss ich in einem Rollstuhl fahren? Mir fehlt nichts, ich kann laufen.«

»Vorschrift«, sagte er. »Rollstuhl.«

Gehorsam setzte sie sich in den Rollstuhl und wurde von dem Pfleger, der offenbar beschlossen hatte, kein unnötiges Wort zu sagen, zum Röntgen gefahren. Dr. Draculas Redseligkeit war viel beruhigender gewesen.

Sie wartete eine halbe Stunde, bis sie an die Reihe kam, und wurde währenddessen immer aufgeregter. Das Fotografieren aus jeder möglichen Perspektive dauerte dann fast eine Stunde, und hinterher musste sie sich wieder auf den Gang setzen und warten, bis man sie zu ihrem Zimmer fuhr. Inzwischen war Essenszeit.

Die Situation in ihrem Zimmer war unverändert. Als Virginia ihr das Essenstablett brachte, fragte Robin, was denn ihren Zimmergenossinnen fehle.

»Die Frau dort in der Ecke hat einen Schlaganfall gehabt. Sie liegt im Koma, seit ein paar Wochen schon. Die andere hat heute Morgen ihre Gallenblase herausbekommen. Es dauert eine Weile, bis die Narkose abklingt. Morgen wird sie unterhaltsamer sein.«

Robin schob das gummiartige Roastbeef in der zähflüssigen Bratensoße hin und her, aß einen Happen Kartoffelbrei und ein paar Erbsen und gab auf. Sie schob das Tablett weg, griff nach dem Telefon und rief ihren Vater und Libby an. Wenn es auch nichts Besonderes zu erzählen gab, es tat ihr gut, ihre Stimmen zu hören und zu spüren, dass die beiden zu Hause auf sie warteten.

Nachdem sie aufgelegt hatte, ging sie über den Flur zum Duschen und Haarewaschen. Als sie wieder in ihr Zimmer kam, saß der Junge aus dem Solarium an ihrem

Bett, neben sich sein Gestell mit dem Tropf, und las in einer Zeitschrift für Landwirtschaft.

»Hi«, sagte sie. »Ich dachte, wir wollten uns nicht mehr treffen?«

»Mir kam der Gedanke, dass du vielleicht einsam bist, jetzt, wo die Besuchszeit vorbei ist.«

»Ich hatte sowieso keinen Besuch. Wir wohnen auf einer Farm in der Nähe von Bennett, das ist zu weit, nur um zu Besuch zu kommen.«

»Wir haben auch eine Farm – in der Nähe von Moreland. Fünftausend Hektar. Mein Vater spricht immer von ›den Ländereien‹ – als wäre es eine Plantage. Der Betrieb verschlingt einen Etat, der für Rhode Island reichen würde, deshalb hat mein Vater vielleicht gar nicht so Unrecht. Wir könnten in den Aufenthaltsraum gehen und ein bisschen fernsehen, was hältst du davon?«

»Gerne«, sagte sie, dankbar, ihren apathischen Zimmergenossinnen zu entkommen. »Ich will mir nur noch die Haare bürsten.« Sie nahm das Handtuch ab, das sie sich um den nassen Kopf gewickelt hatte, und bürstete die verhedderten Strähnen aus.

»Du hast schönes Haar.«

»Danke«, sagte sie und wurde rot. Ivan hatte nie etwas über ihr Aussehen gesagt, höchstens wenn er sie sexy fand. »Fühlst du dich jetzt besser?« Sie wollte das Thema wechseln.

»So langsam.« Er stand auf und schob seinen Infusionsständer neben sich her, während sie zum Patienten-Aufenthaltsraum gingen. »Das Schlimmste habe ich hinter mir. Wahrscheinlich kann ich morgen Nachmittag nach Hause. Der erste Tag ist immer der unangenehmste. Danach bin ich meistens nur müde und launenhaft – mit gelegentlichen Verdauungsstörungen.«

Robin setzte sich auf eine Couch mit Plastikbezug, der Junge schaltete den Fernseher an und zappte mit der Fernbedienung von einem Kanal zum andern. »O Gott, o Gott«, sagte er plötzlich. »Mein absoluter Lieblingsfilm kommt! Ich muss dich warnen, bei diesem Film lasse ich keinerlei Reden zu. Nur während der Werbung.«

Er setzte sich neben Robin auf die Couch. »Welcher Film ist es?«, fragte sie.

»*Casablanca.* Mit Du-weißt-schon-Wem.«

»Mit wem? Ich habe ihn nie gesehen.«

»Was! Du hast noch nie *Casablanca* gesehen? Ich glaube, du bist echt kriminell. Mit Humphrey Bogart natürlich. Und mit Ingrid Bergman, der reizendsten Frau, die je geboren wurde. Sie raubt mir den Atem. Jetzt achte mal auf diesen großartigen Anfang. Der Erzähler hat eine Stimme, die den Boden erzittern lässt.«

Der Anfang des Films kam Robin vor wie jeder andere altmodische Schwarzweißfilm. Sie sah nicht ein, was daran so besonders sein sollte. Doch Ingrid Bergman, zugegeben, war glänzend.

Beim ersten Werbeblock fragte der Junge: »Sag mir die Wahrheit – erkennst du nicht eine umwerfende Ähnlichkeit zwischen mir und Humphrey Bogart?«

»Also, ehrlich, das nun wirklich nicht. Er ist klein und dunkel, und du bist groß und blond. Er hat eine Art

Sprachfehler, er raucht und trägt einen Smoking. Du bist im Schlafanzug und isst verfusseltes Lakritz aus deiner Bademanteltasche.«

»Die Ähnlichkeit besteht ja auch mehr mit der Figur Rick als mit ihm. Erzähl mir nicht, du hättest meine Höflichkeit übersehen, mein Taktgefühl, meine Gelassenheit, solche Dinge eben.«

Robin lachte. »Klar, deine Gelassenheit habe ich sofort bemerkt.«

»Ich wusste es. Möchtest du Lakritz?«

»Nein, danke. Das ist mir zu fusselig.«

»Schmeckt so noch besser«, sagte er und steckte sich ein Stück in den Mund.

Der Junge kannte den größten Teil des Films auswendig und konnte minutenlang Texte mitsprechen. »Das ist der einzige Film, den ich auf Kassette habe«, sagte er. »Ich hab ihn mir bestimmt an die hundert Mal angeschaut.«

»Hängt er dir nicht zum Hals raus?«, fragte sie. »Ich glaube nicht, dass ich mir einen Film hundertmal ansehen könnte.«

»Pass auf, was du sagst! *Casablanca* zum Hals raushängen? Ein Mensch, der *Casablanca* satt hat, der hat das Leben satt! Die tollste Szene kommt jetzt im nächsten Teil, wo er am Bahnhof den Brief liest, und dabei regnet es und die Tropfen verwischen die Schrift. Das ist genial.«

»Klingt irgendwie kitschig, finde ich.«

Erschüttert sah er sie an, dann lächelte er traurig. »Du kommst eindeutig vom Land. Glaub mir, es ist genial. Pass auf.«

Am Ende des Films, als Rick dafür sorgt, dass Ilsa mit Victor Laszlo ins Flugzeug steigt und Casablanca verlässt, stiegen Robin die Tränen in die Augen und sie musste sie mit dem Ärmel ihres Bademantels abwischen.

Der Junge tätschelte ihre Hand. »Ich weiß. Mich nimmt es auch jedes Mal mit. Eine irre Szene! Nun, was meinst du? Phantastisch, oder?«

»Ich weiß nicht – vielleicht müsste ich ihn noch ein paar Mal sehen. Er kam mir etwas zu melodramatisch vor.«

Der Junge machte ein bestürztes Gesicht.

»Das Ende war aber gut«, sagte sie. »Schön romantisch.«

»Der ganze Film ist romantisch!« Er schüttelte den Kopf. »Keine Angst, du bist ja noch lernfähig.«

Eine Krankenschwester erschien in der Tür des Aufenthaltsraums. »He, was macht ihr beiden denn da? Ihr solltet längst im Bett liegen. Hier ist ein Krankenhaus, kein Nachtclub.«

»Ich kann Sie beruhigen, Miss Nightingale, dieser Ort ist unmöglich mit einem Nachtclub zu verwechseln«, sagte der Junge. »Also komm, meine Liebe.« Er erhob sich und hielt Robin die Hand hin. »Du hast gerade ein bedeutendes emotionelles Erlebnis hinter dir – auch wenn du zu ländlich geprägt bist, um es zu merken. Zwischen zweimal Anschauen sollte man wenigstens zwei Wochen vergehen lassen. Anfänger noch mehr.«

Er begleitete sie zu ihrem Zimmer. »Gute Nacht, Gregory, Robin. Danke für den wunderbaren Abend.«

»Woher weißt du meinen Namen?«, fragte sie.

»Ich kann verkehrt herum lesen.«

Sie warf einen kurzen Blick auf das Band an ihrem Handgelenk. Schnell schaute sie nach dem seinen, aber er schloss die Hand darum. »Ha! Zu schnell für dich. Ich bleibe lieber ein Rätsel. Bis morgen.« Er beugte sich vor und küsste sie auf die Wange, dann rollte er sein Gestell den Gang hinunter zum Aufzug und winkte beim Gehen.

Die Frau mit der Gallenblasenoperation lag auf der anderen Seite; sonst hatte sich nichts im Zimmer verändert.

Robin war erschöpft und dankbar, ins Bett zu kommen. Sie war auch dem Jungen dankbar, dass er es geschafft hatte, sie abzulenken. Ob er genau das bezweckt hatte? Wenn überhaupt einer wusste, wie ängstlich ihr zu Mute war, dann er. Während sie in den Schlaf sank, wurde ihr klar, dass es vergnüglicher gewesen war, mit ihm auf einer billigen Plastikcouch zu sitzen, im Bademantel, und einen Film anzuschauen, so alt, dass alle Schauspieler längst tot waren, als alles, was sie je mit Ivan unternommen hatte.

Der nächste Tag war ausgefüllt mit etlichen Gängen von einem Labor zum andern, von einem Apparat zum nächsten, mit unendlich viel Warterei – und mit einer Knochenmarkuntersuchung, die das schmerzvollste Martyrium ihres Lebens war.

Ungefähr um vier Uhr wurde Robin in einem Rollstuhl in ihr Zimmer zurückgebracht, bleich und schwach vor Erschöpfung und Angst, das Krankenhausnachthemd zerknittert und fleckig, das Haar wirr um den Kopf. Der Junge erwartete sie. Er stand in Jeans und rotem Poloshirt neben ihrem Bett. Dass ihr Herz so heftig klopfen würde, als sie ihn sah, damit hatte sie nicht gerechnet.

»Hi«, sagte sie, während sie sich zittrig aus dem Rollstuhl in ihr Bett schob.

»Hi, Gregory, Robin. Du warst ziemlich lange weg. Haben sie dir arg zugesetzt?«

»Hast du schon mal eine Knochenmarkuntersuchung mitgemacht?«

»Ich wollte dich erst warnen, aber dann dachte ich mir, du wirst schon genug Angst haben.«

Sie ließ den Kopf auf das Kissen sinken. »Fährst du jetzt nach Hause?« Sie schaute kurz nach seinem Handgelenk, aber das Plastikband war verschwunden.

»Ja, aber ich wollte nicht gehen, bevor ich dir Lebwohl gesagt habe. Ich bin froh, dass du hier warst. Du hast es mir leichter gemacht.«

»Danke. Du mir auch.«

Er bohrte die Hände in seine Gesäßtaschen. »Fremde in einem Zug. Schiffe, die in der Nacht aneinander vorbeisegeln. Der ganze Quatsch. Ich wünsche dir, dass deine Befunde okay sind.«

Sie nickte. »Ja, ich mir auch. Also dann. Viel Glück.«

»Danke.« Er blieb stehen und sah sie an. »Jetzt muss ich wohl gehen.« Er legte seine Hände auf das Kopfkissen, beugte sich vor und küsste sie auf die Stirn. »Ich habe dir ein Geschenk dagelassen. Unter dem Kopfkissen.« Er wandte sich ab und ging aus dem Zimmer.

Vorsichtig richtete sie sich auf, weit genug, um mit der Hand unter das Kissen tasten zu können, und zog ein in der Mitte durchgeschnittenes Plastikband hervor. Sie drehte es um, damit sie den Namen lesen konnte: *Winn, Richard.*

Nachdem Robin wieder nichts gegessen hatte, telefonierte sie mit Libby und Will, sagte aber nichts von der Knochenmarkuntersuchung. Sie erzählte, vorhin sei Dr. Schwartz bei ihr gewesen und habe gesagt, dass morgen Vormittag nur noch ein Test zu machen sei, dann könne sie nach Hause. Er würde mit Libby über die Ergebnisse reden, wenn sie käme, um Robin abzuholen.

»Das ist ja wunderbar, Schätzchen. Wann soll ich kommen?«

»Er hat gesagt, dass ich um elf fertig sein werde und dass er in der Mittagszeit mit uns reden kann. Passt das?«

»Aber sicher! Bis morgen dann.«

»Gute Nacht, Libby. Gute Nacht, Daddy.«

»Gute Nacht, Robin. Komm schnell nach Hause«, sagte Robins Vater.

Nach dem Gespräch lag sie im Bett, dumpf und teilnahmslos, unfähig selbst zum Lesen. Sie sehnte den morgigen Tag und die Unterredung mit Dr. Schwartz herbei, damit diese Anspannung ein Ende hätte. Doch gleichzeitig wünschte sie, der Tag käme nie. Was, wenn die Nachricht schlimm war? Was würde sie dann tun?

Sie wünschte, Winn, Richard wäre hier, damit sie mit ihm reden könnte. Die Frau mit der Gallenblasenoperation war zu angeschlagen für jede Unterhaltung. Ihr Mann war dagewesen, hatte ein paar Stunden an ihrem

Bett gesessen, aber sie war immer wieder eingeschlafen, und nun war die Besuchszeit vorüber und er war gegangen. Ab und zu kamen die Krankenschwestern herein, um die Frau im Koma umzudrehen oder ihren Tropf auszuwechseln. Ansonsten war es dämmrig und still im Zimmer, und auch die Geräusche vom Gang her nahmen ab, seit das Pflegepersonal der Nachtschicht zur weniger hektischen, nächtlichen Routine übergegangen war.

Robin fuhr zusammen, als das Telefon neben ihrem Bett klingelte. »Hallo?«

»Hi, Gregory, Robin. Rate mal, wer hier spricht?«

»Winn, Richard?«

»Nenn mich Rick. Wie in *Casablanca.* Niemand außer meiner Mutter nennt mich Richard. Was machst du gerade?«

»Schäfchen zählen. Ich bin bei zwölftausendachtunddreißig. Und was machst du?«

»An dich denken. Wann bekommst du deine Ergebnisse?«

»Morgen Mittag.«

»Bist du nervös? Du brauchst nicht zu antworten, das war eine dumme Frage. Du wärst nicht normal, wenn du nicht nervös wärst. Würdest du mir vielleicht Bescheid sagen, wie sie ausgefallen sind? Ich könnte morgen Abend bei dir zu Hause anrufen.«

Nur zu gern gab sie ihm ihre Telefonnummer. »Wie fühlst du dich?«

»Gut. Ich fühle mich prächtig. Es hilft, wenn man jemanden zum Reden hat.«

»Aber du wirst doch auch noch andere Menschen haben, mit denen du reden kannst.«

»Ich war schon immer ein Einzelgänger. Ich meine, die Leute scheinen mich zu mögen, aber ich bin wählerisch in meiner Zuneigung zu anderen. Seit ich krank bin, bin ich noch wählerischer. Manche Leute sind so mitfühlend, dass man am liebsten kotzen möchte. Und kotzen muss ich schon genug bei der Chemotherapie. Manche haben Angst vor mir, als ob Krebs ansteckend wäre. Kaum einer behandelt mich normal. Nicht mal meine Mutter. Sie war früher eine ganz gewöhnliche Mutter – du weißt schon: überfürsorglich, wenn man selbstständig sein will, und gleichgültig, wenn man Beachtung braucht. Aber jetzt ist sie so übertrieben freundlich. Und sie weint viel. Über meinen Vater weißt du ja Bescheid. Ich bin froh, dass du da warst, G. R.«

»Ich bin auch froh, dass du da warst. Ich wäre bestimmt zusammengeklappt, wenn du nicht gewesen wärst.«

»Okay, G. R., ich ruf dich also morgen Abend an. Hoffentlich bekommst du eine gute Nachricht.«

»Danke, Rick. Gute Nacht.«

Sie legte den Hörer auf, drehte das Licht aus, kuschelte sich ins Bett und dachte an die Farm: an den Duft der Fliederbüsche neben der vorderen Veranda, der an feuchten Frühlingsabenden zu ihrem offenen Fenster heraufwehte; an das hitzige Insektengesumm auf den Feldern zur Mittagszeit im Sommer; an den Lärm des Mähdreschers, der während der Ernte frühmorgens einsetzte, wenn sie noch halb schlief; an Libbys Wintermorgengeräusche aus der Küche, wenn Robin sich für die Schule fertig machte und der Duft nach Schinken und Kaffee die Treppe heraufzog. All die unscheinbaren, für selbstverständlich gehaltenen Ereignisse ihres Lebens muteten in der sterilen Atmosphäre der Klinik fast exotisch an. In diesem Augenblick schien es, als ob Marci Recht hätte – es gab keinen besseren Ort zum Leben als Bennett.

Am nächsten Morgen wurde ihre Leber untersucht, danach ging sie wieder in ihr Zimmer, um zu packen und auf Libby zu warten. Es war noch keine elf, da kam Libby ins Zimmer gestürmt, zog Robin in einer heftigen Umarmung an sich und küsste sie auf beide Wangen.

»Du hast mir vielleicht gefehlt! Ich wünschte, ich hätte diesen Papagei schon! Wie geht es dir, Schätzchen? Willst du zu Mittag essen, bevor wir zum Arzt gehen oder danach? Hast du schon gepackt, bist du fertig für die Heimfahrt? Wir können es gar nicht erwarten, dich wieder daheim zu haben. Sogar die Hühner vermissen dich, wahrscheinlich füttere ich sie nicht so wie du. Wie fühlst du dich?«

»Mal langsam!«, sagte Robin. »So viele Fragen kann ich mir nicht merken! Ich habe noch keinen Hunger, also lass uns mit dem Essen lieber bis nachher warten. Ja, ich habe alles gepackt. Und ich fühle mich ganz gut. War's das?«

»Spotte nur, so viel du willst«, sagte Libby und drückte sie noch einmal an sich, »mir macht das nichts aus. Ich bin so froh, dich wieder zu sehen.«

»Ach ja, und dann ist da noch was Interessantes passiert.«

»Was Interessantes? Was meinst du?«

»Ich habe einen Jungen kennen gelernt. Einen echt netten, witzigen Jungen.«

Libby zog die Augenbrauen hoch. »Siehst du? Du musst nur mal einen Tag aus Bennett wegfahren! Ist er ein Patient?«

»Er ist jetzt nicht mehr da. Er war nur ... zur Behandlung hier.«

»Behandlung? Wegen was denn?«

Robin holte tief Luft, dann sprach sie schnell weiter. »Wegen Leukämie. Aber er war toll, Libby – man konnte sich prima mit ihm unterhalten, er ist nett und steckt voller Einfälle. Gestern Abend hat er mich angerufen. Und heute Abend will er mich zu Hause anrufen.«

»Schön, schön«, sagte Libby bemüht. »Das hört sich ja nach was ganz Besonderem an. Wie heißt er? Wo ist er her?«

»Er heißt Rick Winn. Aus der Gegend von Moreland.«

»Winn? Sein Dad ist doch wohl nicht Tad Winn? Die Winns haben dort eine prächtige, riesengroße Farm, ungefähr die einzige im ganzen Land, bei der so was wie Gewinn herausspringt. Ich habe gehört, er betreibt die Farm wie ein Diktator.«

»Das klingt ganz so, wie Rick ihn beschrieben hat.«

»Da hattest du ja noblen Umgang. Aber jetzt komm, wir wollen dein Zeug ins Auto werfen und eine Tasse Tee trinken, bevor wir zum Arzt gehen.«

Um zwölf Uhr warteten Libby und Robin vor dem Sprechzimmer von Dr. Schwartz. Die Krankenschwester führte sie hinein und der Arzt erhob sich hinter seinem Schreibtisch und schüttelte Libby die Hand.

»Hi, Robin, guten Tag, Mrs. Clayton. Bitte setzen Sie sich.« Er verschränkte die Hände auf seinem Schreibtisch und wartete, bis sie sich gesetzt hatten. »Wir waren sehr gründlich bei unseren Untersuchungen«, sagte er ruhig. »Wir sind lieber übervorsichtig – so lassen sich Fehldiagnosen vermeiden.« Er stockte. »Ich wünschte, wir hätten uns in diesem Fall geirrt. Alle Anzeichen sprechen dafür, dass Robin akute Lymphzellenleukämie hat.«

Robin sah, wie sich der Mund von Dr. Schwartz bewegte, aber sie hörte nur ein fernes Murmeln, zwei Wörter dröhnten laut in ihrem Kopf: *akute Lymphzellenleukämie*. Sie drehte sich nach Libby um.

Libby hatte die Lippen zusammengepresst und die Hände auf ihrem Schoß so fest ineinander verkrampft, dass ihre Knöchel weiß wurden.

Robin sah wieder den Arzt an, dessen Gesichtsausdruck ernst und freundlich war. Allmählich nahmen seine Worte wieder Bedeutung an: »... eine aggressive Therapiefolge, sodass wir auf gute Ergebnisse hoffen dürfen. Ich kann keine Versprechen oder Vorhersagen machen, doch mit einer Kombination aus Bestrahlung und Chemotherapie haben wir recht gute Chancen, ein Abklingen der Krankheit zu erreichen. Ich weiß, es ist ein Schock – aber vielleicht haben Sie schon jetzt einige Fragen an mich?«

Robin und Libby starrten ihn nur an. Dann sagte Libby mit dünner Stimme: »Ist es möglich, dass da ein Irrtum vorliegt? Vielleicht hat jemand die Untersuchungen falsch ausgewertet. Vielleicht sind es die Befunde von jemand anderem.«

Dr. Schwartz schüttelte den Kopf. »Ich wünschte, das wäre eine Möglichkeit, aber da muss ich Sie leider enttäuschen. Wir arbeiten sehr sorgfältig in einem Fall wie diesem. Es sind Robins Befunde und es gibt keinen Zweifel an der Exaktheit der Diagnose. Tut mir Leid.« Libby und Robin saßen da, niedergeschmettert und stumm. »Rufen Sie mich morgen an. Ich bin sicher, bis dahin sind Ihnen Fragen eingefallen, die Sie mir stellen möchten. Und ich werde Ihnen dann etwas zu Robins Therapiefolge sagen können. Bitte vereinbaren sie mit der Stationsschwester einen Termin für Ihren Anruf. Wir werden unser Bestes für Robin tun, der Befund ist durchaus nicht hoffnungslos.«

Er erhob sich, auch Libby und Robin standen auf. Ernst drückte er beiden die Hände, dann geleitete er sie ins Wartezimmer, wo er die Krankenschwester anwies, ihnen einen Anruftermin zu geben.

Libby und Robin gingen hinaus auf den Gang, stellten sich vor den Aufzug und warteten. Als sie den Fahrstuhl betreten hatten, griff Robin nach Libbys Hand und umklammerte sie, als wollten sie sich auf eine gefährliche Reise machen.

Sie hielten sich an der Hand, während sie über den Parkplatz gingen, und als sie beim Auto ankamen, war es Libby, die zuerst sprach. Ihre Stimme war brüchig, als hätte man ihr einen Schlag in den Magen versetzt. »Mittagessen. Ich habe gar nicht mehr daran gedacht. Hast du Hunger?«

»Nein. Ich will nur nach Hause. Ich will weg hier.«

»Ich auch«, sagte Libby und schloss die Wagentüren auf.

Sie steuerte das Auto auf den Highway und trat so fest auf das Gaspedal, dass sie weit über der erlaubten Höchstgeschwindigkeit dahinschossen, der schwarzen Wolkenküche am Horizont entgegen. Der Himmel verdunkelte sich, als sie auf Bennett zurasten, und die Bäume am Straßenrand bogen sich im Wind.

»Sieht aus, als kommt ein ordentlicher Sturm auf«, sagte Libby. »Wir können weiß Gott Regen brauchen, aber ich hoffe, er hält sich zurück, bis wir zu Hause sind. Ich mag gar nicht dran denken, in ein Unwetter zu geraten. Danach ist mir im Moment wirklich nicht zu Mute.«

Gerade als sie in der Einfahrt vor dem Farmhaus hielten, schnitt ein Blitz durch die Luft. Krachender Donner entlud sich über ihren Köpfen und die ersten dicken, warmen Regentropfen klatschten auf den staubigen Hof. Sie mussten noch Robins Tasche aus dem Kofferraum holen, und als sie zur Haustür kamen, waren sie tropfnass. Will riss die Tür auf, zog Robin ins Haus und schloss sie in die Arme, nass wie sie war.

Robin brach in Tränen aus.

Will warf einen Blick über ihren Kopf hinweg zu Libby.

»Sie ist so froh, dass sie zu Hause ist«, sagte Libby. »Ich bring die Tasche rauf. Bin gleich wieder da.«

Will holte ein Handtuch aus dem unteren Badezimmer und legte es Robin um die Schultern. »Habt ihr schon was gegessen?«

Robin trocknete ihr nasses Gesicht an dem Handtuch. »Nein. Wir wollten damit warten, bis wir zu Hause sind.«

Langsam gingen sie durch den Flur zur Küche, Will hatte den Arm um Robin gelegt. »Ich wollte den Eintopf von gestern Abend aufwärmen. Damit kann ich ja schon mal anfangen, während du machst, dass du in trockene Sachen kommst.«

»Okay.« Oben zog sich Robin ihre ältesten, bequemsten Jeans und ein T-Shirt an und versuchte so zu tun, als hätte sie nur die Nacht bei Marci zugebracht. Aber es half nicht.

Sie ging wieder in die Küche und rührte den Eintopf um, da hörte sie Libby in Hausschuhen – sie hatte sie mit ihren »Stadtschuhen« vertauscht – die Treppe herunterkommen. »Gut«, sagte Libby, als sie in die Küche kam. »Ihr habt schon angefangen.«

Zu dritt machten sie sich in der Küche zu schaffen, schweigend, nur das Rauschen des Regens war zu hören, sie wärmten den Eintopf, deckten den Tisch, stellten Obst, Brot und Butter hin, gossen Milch ein. Schließlich setzten sie sich, und Libby reichte Will und Robin die Hände. Sie hielt den Kopf länger gesenkt, die Augen länger geschlossen als sonst.

Robin tauchte den Löffel in den Eintopf, brachte ihn aber nicht an die Lippen. Sie hatte Angst, ihr würde übel werden.

Will aß einen Löffel. »Wird vom Stehen immer besser.« Er sah Robin an und dann Libby. »Nun?«

»Du willst wissen, wie meine Untersuchungsergebnisse ausgefallen sind«, sagte Robin.

Er nickte mit wachsamer Miene.

Libby räusperte sich. »Dr. Schwartz scheint ein sehr guter Arzt zu sein. Dr. Paul spricht von ihm in den höchsten Tönen, er sagt, er sei ein wahrer Experte.«

»Experte wofür?«, fragte Will.

»Na, in seinem Fachgebiet«, sagte Libby. »Er ist Experte für Blutkrankheiten. Du solltest sein Sprechzimmer sehen. Eine ganze Wand voll mit Diplomen, Zertifikaten und ich weiß nicht was alles. Kann mir gar nicht vorstellen, wie er überhaupt Zeit gefunden hat, Leute zu behandeln – bei all der Zeit, die er auf der Universität verbracht hat.«

»Was ist mit Robin?«, fragte Will.

»Also, er hat eine ganze Reihe von Untersuchungen gemacht. Jede, die man sich nur vorstellen kann. Er hat gesagt, er will keine Fehler machen. Er will sichergehen. Nichts sei schlimmer, als einen Fehler zu …«

»Er sagt, ich habe akute Lymphzellenleukämie«, unterbrach Robin.

»O Gott«, sagte Will und ließ seinen Löffel auf den Tisch fallen. Er fuhr sich mit der Hand durch das Haar. »O Gott.« Er stand auf, so ruckartig, dass sein Stuhl dabei umfiel. Benommen sah er sich um, als versuche er sich zu erinnern, wo er war. »O Gott.« Er lief durch die hintere Tür in den Regen hinaus.

Libby sprang auf und rannte zur Tür. »Will! Komm zurück! Du holst dir den To... – du holst dir eine Erkältung!«

Er stürmte weiter, lief durch den Regenguss zum Stall und verschwand im Innern.

Libby setzte sich wieder an den Tisch. »Das hat er genauso gemacht, als Julie krank war, weißt du noch?«, sagte sie. »Plötzlich aufspringen, allem den Rücken kehren und raus in den Stall. Einmal, als er schon eine ganze Weile verschwunden war, bin ich ihm nach und habe ihn in der Box bei Elsie gefunden. Er hatte der Kuh die Arme um den Hals gelegt, den Kopf bei ihr angelehnt und geweint. Armer Mann. Hat keinen andern Freund gehabt, zu dem er gehen konnte.«

»Das gerade eben war das Schlimmste, was ich in meinem Leben je tun musste«, sagte Robin.

Libby stand auf und legte von hinten die Arme um Robin. »Schätzchen, das Schwerste auf der ganzen Welt ist – und ich meine, es gibt wirklich nichts Schwereres –, wenn man zuschauen muss, wie ein geliebter Mensch leidet. Besonders, wenn man nichts dagegen tun kann. Und das kann man meistens nicht, nicht bei wirklich großem Schmerz.« Einen Augenblick lang ließ sie ihre Wange auf Robins Kopf liegen. »Na, komm, wir wollen das Geschirr spülen.« Sie fing an, die noch vollen Teller abzuräumen.

»Ich würde gern eine Weile raufgehen«, sagte Robin.

In ihrem Zimmer musste sie Licht machen, so dunkel war es darin vom Sturm. Das Fenster stand offen, und die Gardinen, weiße Spitzengardinen, die ihre Mutter genäht hatte, flatterten im Wind. Robin schloss das Fenster und wischte mit einem Handtuch aus dem Badezimmer den Regen vom Fensterbrett. Sie lehnte ihre Stirn an das kalte Glas, und während sie zusah, wie die dunklen Pfützen im Hof vor dem Stall immer größer wurden, dachte sie an ihren Vater, der bei Elsie war.

Robin packte ihren Koffer aus, dann löschte sie das Licht, legte sich auf ihr Bett und lauschte dem Regen. Was würde jetzt aus ihren Träumen? Und aus der Zukunft, von der sie immer geglaubt hatte, dass sie außerhalb von Bennett auf sie wartete?

»Es ist nicht fair!«, sagte sie in ihr Kissen. »Es ist nicht fair! Ich hab nichts getan, um das zu verdienen! Ich kenne einen Haufen Leute, die ungesünder leben als ich. Ich trinke nicht mal Cola! Es ist nicht fair!«

Außer dem Geräusch des Regens, der in die durstigen Felder sickerte, bekam sie keine Antwort. Nach einer Weile stand sie auf, wusch sich das Gesicht und ging hinunter in die Küche, wo Libby am Tisch saß und so tat, als läse sie Zeitung.

»Immer weiß ich, wo du zu finden bist«, sagte Robin.

»Das ist wahr«, antwortete Libby. »Die Küche war mir schon immer der liebste Ort im ganzen Haus. Sie hat die beste Aussicht, die ich kenne.«

Robin sah aus dem Fenster. »Ist Daddy schon zurück?«

»Nein. Aber bald ist Abendbrotzeit, bis dahin wird er bestimmt kommen. Und nach dem Essen müssen wir miteinander reden, damit wir auf das Telefongespräch mit Dr. Schwartz morgen vorbereitet sind.« Sie legte die Zeitung weg und streckte Robin ihre Arme entgegen. »Ich weiß, mein Schatz, du hast große Angst.« Robin kam in Libbys Arme und setzte sich auf ihren Schoß, wie sie es nicht mehr getan hatte, seit sie ein kleines Mädchen war. Libby hielt sie fest und wiegte sie sanft hin und her.

Während sie so saßen, ging die Hintertür auf und Will kam herein, ausdruckslos. Robin lief auf ihn zu und umarmte ihn. Er drückte sie an sich und senkte sein Gesicht auf ihr Haar.

Nach einer Weile stand Libby auf. »Wasch dir die Hände, Will«, sagte sie, »wir wollen zu Abend essen.«

Als sie das Abendbrotgeschirr weggeräumt hatten, setzten sich die drei wieder an den Küchentisch und überlegten sich Fragen an Dr. Schwartz. Libby schrieb sie gewissenhaft auf Notizzettel und Will schlang einen komplizierten Knoten nach dem anderen in ein Stück Strickgarn. Sie hatten einen Punkt erreicht, wo ihnen keine Fragen mehr einfielen, da klingelte das Telefon.

»Ich gehe«, sagte Robin und lief über den Flur ins Wohnzimmer. Der Sturm war fast vorüber, Regen fiel in einzelnen Schauern, von Windböen gejagt. Die schweren Wolken zogen zum Horizont ab, wo sie von der untergehenden Sonne rosa und golden angestrahlt wurden.

»Hallo?«

»Ist dort Gregory, Robin?«

»Rick! Ich hab ganz vergessen, dass du anrufen wolltest.«

»Na, das ist ja wohltuend für mein Ego. Ich hatte mir

ausgemalt, du würdest den ganzen Tag gespannt darauf warten und die Minuten zählen.«

»Tut mir Leid. Ich hab noch anderes im Kopf.«

»Deine Untersuchungen?«

»Ja.«

»Schlechte Nachrichten?«

Sie erzählte es ihm.

Einen Herzschlag lang schwieg er. »Dasselbe wie ich.«

»Wie lange hast du es schon?« Sie musste einfach fragen.

»Zwei Jahre.«

»Meine Mutter ist vor drei Jahren gestorben, und damals habe ich viel über den Tod nachgedacht, aber nicht übers Sterben, nicht über *mein* Sterben.«

»Ja, es ist unheimlich«, sagte er leise. »Aber es gibt Schlimmeres als Sterben. Sechzig Stunden lang sich jede Viertelstunde übergeben müssen, das ist schlimmer als Sterben. So ist es mir mal ergangen nach einer Holzhammerkur, die sie bei mir ausprobiert haben. Ich hoffe bei Gott, dass ich das nie wieder durchmachen muss. Danach habe ich die Haare verloren. Aber sie sind wieder gewachsen.«

Robin fuhr mit den Fingern durch ihr Haar.

»Aber das passiert nicht bei jedem«, sagte er. »Vielleicht hast du Glück.«

»Im Moment sieht es nicht so aus, als würde das Glück es gut mit mir meinen.«

»Du könntest das alles als charakterbildende Erfahrung betrachten.«

»Bitte, Rick ...«

»Tut mir Leid. So was könnte mein Vater sagen. Hör mal, Robin, ich würde dich gern besuchen. Ich weiß, es ist eine lange Fahrt, aber wir haben Sommer und ich habe weiter nichts vor. Meine Mutter lässt mich nicht viel tun, höchstens einen Spaziergang mit den Schweinen machen und in der Sonne sitzen.«

»Ich würde mich freuen über deinen Besuch. Und auch meine Familie soll dich kennen lernen – damit sie begreifen, dass ich nicht unbedingt zum Tod verurteilt bin.«

»Zum Tod verurteilt sind wir alle, G. R. Es ist nur eine Frage der Zeit. Möchtest du den Spruch der Woche hören?«

»Was ist das, der Spruch der Woche?«

»Ich lese viel, seit ich so viel Zeit habe, und ich bemühe mich, jede Woche etwas zu finden, worüber ich nachdenken kann. Diese Woche ist es ein Satz von Nathaniel Hawthorne.« Er machte eine Pause. »›Manchmal gratulieren wir uns in jenem Augenblick, da wir aus einem quälenden Traum erwachen: Genauso ist es vielleicht im Augenblick nach dem Tod.‹ Wie findest du das?«

»Ich weiß nicht. Ich muss darüber nachdenken.«

»Genau darum geht's. Wann kann ich dich besuchen?«

»Wie wär's dieses Wochenende? Samstag?«

»Toll. Kann ich vielleicht zum Frühstück kommen und bis zum Abendessen bleiben? Oder findest du, das ist zu lange?«

Sie lächelte. »Ich finde, das wäre super. Aber nur, wenn du wirklich willst.«

»Natürlich will ich.«

Sie gab ihm eine Wegbeschreibung. »Bis Samstag dann.«

Als sie aufgehängt hatte, blieb sie im Dunkeln auf der Couch sitzen und wünschte, es wäre schon Samstag.

Wieder klingelte das Telefon.

»Hallo?«

»Hey, ich dachte, du wolltest mich anrufen, wenn du aus Jefferson zurück bist.«

»Hi, Marci. Tut mir Leid. Aber ich war so ... beschäftigt.«

»Na, was hast du gekauft? Was Schönes?«

»Nein. Ich ... ich hab nichts gefunden, was mir gefällt.«

»Du machst Witze! Also, ich hätte bestimmt was gefunden. Jefferson ist für mich wie Paris, verglichen mit Bennett. Hier gibt's ja nichts außer Jeans und geblümte Hauskleider. Sag mal, bist du okay? Du klingst so komisch.«

»Du weißt doch, Regentage gehen mir immer auf den Senkel.« Ihr fiel nichts ein, was sie Marci erzählen könnte. Rick hatte Recht. Das Wissen, dass sie Krebs hatte, entfernte sie von ihrem früheren Leben. So was wie Einkaufengehen war jetzt ganz unwichtig.

»Also, dann müssen wir dich aufheitern. Ein paar von uns gehen am Samstagabend zum Tanzen ins *Pavillon*. Komm mit, dort kannst du dich nach dem Märchenprinz umsehen.«

»Ich weiß nicht, Marci. Lass mich darüber nachdenken.«

»Hast du Angst, Ivan zu sehen?«

»Das ist es nicht. Kann sein, dass ich was anderes vorhabe.«

»Ja? Was denn?«

»Ich ... wir haben abends vielleicht Besuch.«

»Wer kommt denn? Hey, was ist los mit dir? Das ist ja wie Zähneziehen.«

»Ich erzähl's dir später.« Wenn sie etwas von Rick erzählen würde, müsste sie Marci auch sagen, wo sie ihn kennen gelernt hatte und warum, und so weit war sie noch nicht. »Doch, du hast Recht, ich will Ivan nicht begegnen.« Sie zwang sich, die Unterhaltung in Marcis Richtung zu steuern. »Besonders, wenn er mit einem anderen Mädchen zusammen ist.«

»Ach, Robin, für dich wäre das die perfekte Chance, ihm zu zeigen, wie wenig du dir aus ihm gemacht hast. Du könntest ihn ignorieren und mit anderen Jungs tanzen, und alle würden sehen, wie du dich amüsierst – ohne ihn.« Behaglich vertiefte sich Marci in einen Monolog, in dem sie erwog, welche Vorteile es Robin bringen würde, wenn sie am Samstag mit zum Tanzen ginge. Robin lag auf dem Sofa und hörte nur halb hin. »Ich wünschte, ich könnte wenigstens am Samstagnachmittag was mit dir unternehmen«, sagte Marci schließlich, »aber mein kleiner Bruder hat Geburtstag und ich muss meiner Mom bei der Party helfen. Außerdem bezahlt sie mich dafür. Sie sagt, sie hätte auch gern jemanden, der sie dafür bezahlte, dass sie den Nachmittag damit zubringt, Rangeleien zu schlichten und dem Hund Zuckerguss aus dem Fell zu waschen.«

»Schon gut, Marci. Wir haben ja noch den ganzen Sommer. Ich erzähle dir später alles.« Sie legte auf, dann ging sie wieder in die Küche, doch Will und Libby hatten sich schon nach oben zurückgezogen. Die Lichter waren aus und das Geräusch der Spülmaschine erfüllte den dunklen Raum.

Am nächsten Tag teilte ihnen Dr. Schwartz mit, dass er einen Behandlungsplan für Robin erstellt habe. Er sollte genauso aussehen wie der von Rick: sechs Monate lang einmal pro Monat drei oder vier Tage Krankenhaus. Nächste Woche sollte Robin anfangen.

Libby war überrascht gewesen, als Robin ihr sagte, Rick würde am Samstag zum Frühstück kommen. »Frühstück? Eine komische Zeit für eine Verabredung. Warum kommt er nicht zum Mittag- oder zum Abendessen?«

»Kommt er ja. Zu beidem. Er will den ganzen Tag bleiben.«

»Aha. Er scheint dich ja dringend sehen zu wollen.«

»Hast du was dagegen?«

»Habe ich gesagt, ich hätte was dagegen? Wenn er Frühstück will, werde ich ihm schon ein Frühstück präsentieren. Vielleicht mache ich meine Sauerteig-Pfannkuchen. Die habe ich schon eine ganze Zeit lang nicht mehr gemacht. Oder Maiskuchen. Oder beides. Soweit ich mich erinnere, essen Jungen im Teenageralter, als wäre jede Mahlzeit ihre letzte.« Sie schlug sich mit der Hand auf den Mund. »Das wollte ich nicht.«

»Weiß ich doch. Ist nur so eine Redensart.«

»Wann wird er denn kommen?«

»Früh, hoffe ich.«

Am Samstag war Robin schon in der Morgendämmerung auf den Beinen. Noch bevor Libby herunterkam, hatte sie die Hühner gefüttert und Elsie gemolken. Will war noch früher draußen als Robin, er reparierte Zäune, hatte aber versprochen, zum Mittagessen zurück zu sein. Immerhin hatte er zugegeben, dass er neugierig war auf diesen Jungen, der den weiten Weg von Moreland herfuhr, um seine Tochter zu besuchen.

Robin saß am Küchentisch, da hörte sie ein Auto auf dem Kiesweg. Sie sprang auf, zwang sich aber gleich wieder, sich hinzusetzen. Sie warf einen flüchtigen Seitenblick nach Libby, die an dem alten schwarzen Herd mit den sechs Kochstellen stand.

Verlegen grinste Robin. »Ich glaube, das ist er.«

»Gott sei Dank«, sagte Libby. »Du bist so nervös, dass du Funken sprühst.«

Robin strich ihr Haar glatt, steckte das Shirt straffer in den Bund und fuhr mit ihren feuchten Handflächen über die Nähte ihrer Jeans. Sie holte tief Luft und ging zur Haustür, gerade als es klingelte.

Er sah noch besser aus, als sie ihn in Erinnerung hatte. Sie hatte vergessen, wie groß er war und wie grau seine Augen waren.

»Hi«, sagte Rick lächelnd, eine Hand hinter dem Rücken. »Herrlicher Morgen. Ich bin am Verhungern.«

»Hi. Was hast du hinter deinem Rücken?«

»Nichts, worüber du dir Gedanken machen musst.«

Sie führte ihn in die Küche. »Rick, das ist meine Großmutter, Libby Clayton. Libb, Rick Winn.«

»Hallo, Rick. Wie wär's mit Frühstück?«

»Ich könnte eins vertragen«, sagte er und zog hinter seinem Rücken einen Strauß rosa Rosen hervor, in Cellophan gehüllt und von einem rosa Band zusammengehalten. »Die sind für Sie. Danke, dass Sie mir erlauben, herzukommen und Ihren Samstag durcheinander zu bringen.«

»Nun«, sagte Libby, einen Moment lang zu überrascht, um die Blumen zu nehmen, »meinen Samstag bringst du nicht durcheinander. Eher Robins, doch ich glaube nicht, dass es sie stört. Die Blumen nehme ich aber trotzdem. Danke dir. Nun setz dich. Gleich, wenn ich diese Schönheiten ins Wasser gestellt habe, gibt es Frühstück.«

Rick setzte sich an den Tisch, Libby und Robin eilten geschäftig in der Küche hin und her und legten letzte Hand an ein Frühstück, mit dessen Planung sie den gestrigen Abend zugebracht und das sie gerade rechtzeitig vor Ricks Ankunft vorbereitet hatten.

Libby stellte einen Teller mit Sauerteig-Pfannkuchen vor ihn hin und genießerisch sog Rick mit geschlossenen Augen den Duft ein. »Es gibt wahrscheinlich auf der ganzen Welt nichts, was so lecker duftet.« Er wartete, bis Libby und Robin sich gesetzt hatten, dann schob er Butterstückchen zwischen die Pfannkuchen und überschwemmte den ganzen Berg mit Ahornsirup. Mit der

Gabel teilte er einen Bissen ab und steckte ihn in den Mund. »Schmeckt noch besser, als es duftet.«

Libby lachte zufrieden. »Ich sehe gern Leute mit gutem Appetit. Ich hatte schon befürchtet, du würdest vielleicht nicht viel essen, weil ... ach, was rede ich nur!« Sie schlug mit der Hand auf den Tisch, dass das Geschirr klapperte.

»Schon gut«, sagte Rick. »Heute fühle ich mich bestens und ich werde alles wegputzen, was ich vorgesetzt kriege. Nicht jeder Tag ist so gut, deshalb gehe ich an guten Tagen aufs Ganze.«

»Klingt wie ein brauchbarer Rat für jedermann«, sagte Libby, stand auf und griff nach der Kaffeekanne. »Ist ein schöner Tag heute. Man spürt immer noch die Abkühlung, die der Sturm gebracht hat. Was habt ihr beiden denn vor?« Sie schenkte Kaffee nach.

Rick sah Robin an.

»Ich dachte, ich zeige ihm am Vormittag die Farm, und dann, nach dem Essen, könnten wir nach Bennett fahren.«

Robin überlegte, dass es nicht schaden konnte, wenn man sie in der Stadt mit einem anderen Jungen sah. Besonders nett wäre es, wenn Ivan sie sähe. Sie musste diese Sache auf die Reihe bringen.

Als sie mit dem Frühstück fertig waren, scheuchte Libby sie aus der Küche. »Los, raus hier. Macht euch einen schönen Tag. Kommt gegen halb eins wieder, dann gibt's Mittagessen.«

»Ich freu mich schon drauf«, sagte Rick, als er und Robin durch die hintere Tür gingen.

»Nicht dass ihr denkt, ihr müsst bis Mittag draußen bleiben«, sagte Libby. »Wenn ihr müde werdet, kommt nach Hause und ruht euch aus.«

Robin führte Rick über den staubigen Scheunenhof. Egal, wie viel es regnete, der Staub auf dem Hof schien sich innerhalb von Stunden neu zu bilden, und es war im Sommer unmöglich, sich draußen aufzuhalten, ohne dass man eine Staubschicht auf Kleidung, Haut und selbst auf der Zunge bekam.

»Libby ist entzückt von dir«, sagte Robin. »Du hast dich ja auch mächtig bemüht.«

»Ach, Unsinn«, sagte Rick und bohrte die Schuhspitze in den Staub. »Ich kann einfach nicht anders.«

»Und Rosen!«

»Warum nicht? Was mich angeht, ist jeder Tag ein Fest.«

»Ein Fest? Ich spüre bisher nur Angst und Wut.«

Er nickte. »Das geht vorbei – zeitweise jedenfalls. Mir hat die Wut mehr zugesetzt als die Angst.«

Sie gingen in die dämmrige, staubflimmernde Kühle des Stalls. »Ich habe Elsie heute im Stall gelassen, damit du sie sehen kannst. Wir können sie jetzt auf die Weide bringen.« Staubteilchen schwebten in den Bahnen aus Sonnenlicht und das einzige Geräusch war das leichte Knistern des Heus unter ihren Füßen, als sie vorbeigingen an einem Gewirr aus Werkzeugen, Kübeln, Behältern mit Samen, Hühnerfutter und Pestiziden, Seilrollen und Teilen zerlegten Ackergeräts.

»Das ist meine Elsie«, sagte Robin, als sie zu Elsies Box

kamen. Sie legte der Kuh die Arme um den Hals. »Ist sie nicht süß?« Elsie drehte den Kopf und rollte ihre großen Augen in Robins Richtung, unentwegt kauend.

»Doch, sie ist super. Aber nicht mein Typ.«

Robin tätschelte Elsies Flanke. »Komm, Süße. Jetzt darfst du raus. Na, komm.« Sie dirigierte die Kuh durch den hinteren Stallausgang über einen Sandweg zu einem offenen Tor, das auf eine grüne Weide führte. Nachdem Elsie hindurch war, verriegelte Robin das Tor. »Dir kommt das hier wahrscheinlich alles popelig vor. Euer Hof ist so viel größer.«

Langsam gingen sie zu einem kleinen Nebengebäude, vor dem im Staub die Hühner scharrten. »Er ist so groß, dass er eher wie eine Fabrik aussieht«, sagte Rick. »Alles computerisiert, mechanisiert, durchkalkuliert. Wir haben nicht mal Tiere – außer Schweinen. Weil Schweine billiger und schneller zu vermarkten sind und weil sie den Futtermais fressen können, den wir anbauen. Und Namen haben sie natürlich keine.«

Robin zeigte auf ihre Hühner. »Hier haben sogar die Hühner Namen. Das hier ist Sleepy und dort Dopey, Sneezy, Happy, Grumpy, Bashful, und der Hahn heißt Doc. Sie bringen nichts ein – Elsie übrigens auch nicht –, aber meine Mutter fand, auf einer Farm sollte es eine Kuh und ein paar Hühner geben, deshalb halte ich sie.«

Rick winkte den Hühnern und sie unterbrachen ihr Picken für einen kurzen empörten Blick. »Deine Mutter war wohl ein Stadtmädchen. Die glauben alle, Farmen sind wie im Märchenbuch, voll von niedlichen Tieren.«

Robin lächelte. »Ja. Sie ist nach Bennett gekommen, um an der Schule zu unterrichten. Und dann hat sie meinen Vater kennen gelernt.«

»Und dich bekommen«, sagte er. »Komm, lass uns über die Felder gehen.«

Die Sojabohnenpflanzen waren noch klein und die Erde dazwischen war weich und lehmig vom Regen. Als Rick und Robin an den Reihen entlanggingen, hinterließen ihre Füße tiefe Abdrücke, und ein üppiger, erdiger Geruch stieg auf.

Wie alle Jugendlichen, die auf einer Farm aufgewachsen sind und denen das stundenlange »Durch-die-Bohnen-Gehen« im Sommer zur Gewohnheit geworden ist, streckte Robin den Arm aus, um ein Unkraut zwischen den Pflanzen auszuziehen.

Rick hielt ihre Hand fest. »Nicht. Das ist Wolfsmilch.«

»Na und? Es ist Unkraut, oder?«

»Monarch-Schmetterlinge legen ihre Eier auf Wolfsmilchpflanzen«, sagte er.

Sie zog die Hand zurück und sie gingen weiter.

»Was du da gesagt hast über die Wut und dass sie vergeht«, sagte Robin, »das kann ich mir nicht vorstellen. Ich bin wütend auf jeden, der länger leben kann als ich. Ich bin wütend, weil ich so was durchmachen muss, weil ich Angst haben und krank und hässlich sein muss. Ich bin wütend auf meinen Körper. Wir sind immer Freunde gewesen, mein Körper und ich. Ich dachte, ich kann mich auf ihn verlassen. Und nun schau, was er mir angetan hat. Es ist nicht fair.«

»Fair – das kannst du sowieso vergessen. Nichts ist fair. Denk an die Bestrafungen, die du verdient hättest, aber nicht abgekriegt hast. Denk an all das Gute, das du getan hast, das aber unbelohnt geblieben ist. Mit der Krankheit ist es ähnlich, nur in anderer Größenordnung. Und von wegen wütend sein auf jeden, der länger leben kann als du: Egal, wie lange du lebst, irgendwer wird immer länger leben. Das gilt auch, wenn man nicht Leukämie hat.«

Sie blinzelte zu ihm hoch, die Sonne in den Augen. »Aber du hast doch auch von Wut gesprochen. Was macht dich denn wütend?«

»Andere Dinge als dich. Ich wäre jetzt gern auf dem College, aber ich kann nicht mit meiner Behandlung weitermachen und gleichzeitig die Schule schaffen. Ich würde gern zu Hause ausziehen, aber das geht auch nicht. Jetzt ist die Zeit, wo ich ins Leben aufbrechen sollte, auf eigenen Füßen stehen und all das, aber ich bin gefangen, und das macht mich wütend. Außerdem bin ich wütend, weil diese Krankheit meine Mutter so unglücklich gemacht und meinen Vater von mir entfernt hat. Aber die Wut, die du hast, über die Ungerechtigkeit der Welt, die habe ich zum größten Teil überwunden. Doch glaub mir, ich kann dich gut verstehen.« Er schwieg einen Augenblick. »Hey, ich kann sogar wieder Freundschaft zu meinem Körper empfinden. Er tut bestimmt sein Bestes. Und warum nicht auch mal an den Teil von dir denken, der nicht dein Körper ist? Wer ist das? Selbst wenn dein Körper krank ist – was ist mit diesem anderen Teil? Ist er noch da?«

»Du hast viel über das alles nachgedacht, nicht wahr?«

»Ich hatte keine große Wahl. Meine Mutter hat mich zu einem Psychiater geschickt, als ich krank wurde, aber der hat sich so gescheut, übers Sterben zu reden, dass er mir noch mehr Angst gemacht hat. Keiner weiß, wie Sterben ist, höchstens jemand, der es überlebt hätte. Solltest du je das Bedürfnis nach einem Psychiater haben, kannst du jederzeit kommen und dich auf meine Couch legen.«

Sie sah ihn an. Er hatte eine Unschuldsmiene aufgesetzt und lächelte ihr zu.

»Ich kann an gar nichts anderes mehr denken. Bei jedem Handgriff überlege ich, wie oft ich ihn wohl noch machen werde. Es ist wie in einem Horrorfilm: Man weiß, dass die schönen Szenen nicht andauern werden, dass etwas Schreckliches passieren wird, ohne Vorwarnung, und dass man nichts dagegen tun kann.«

»Ich kann dir nur sagen, G. R., dieses Gefühl von Ausnahmezustand hält nicht an. Früher oder später muss man aus diesem Berg einen Maulwurfshügel machen – oder man wird verrückt. Und sag mir: Welchen Sinn hat es zu leben, wenn man verrückt ist? Bald wirst du lernen, dir nur noch um den nächsten Tag Gedanken zu machen. Immer ein Tag nach dem anderen.«

Robin spürte, dass der Strom seiner Worte auf sie entspannend wirkte.

»Ich will nicht behaupten, man könnte vergessen, dass man krank ist«, sagte Rick. »Oh, für Stunden vergisst man es wirklich immer mal. Manchmal. Je nachdem, was man gerade tut. Aber es ist immer da, wie ein Schatten. Man gewöhnt sich fast daran.«

»Ich muss mich einen Moment ausruhen«, sagte Robin und blieb im Schatten einer Roteiche stehen, die zu einem der Windschutzstreifen entlang der Felder gehörte.

Als sie so saßen, den Rücken gegen den großen Baum gelehnt, nahm Rick Robins Hand, hielt sie fest und streichelte sie mit seinem Daumen. »Schön ist das.« Er seufzte. »Ich meine die Bäume auf den Feldern. Mein Vater hat längst alle gefällt. So ist es einfacher für die großen Erntemaschinen, die lassen sich nicht so leicht wenden, und Zeit ist Geld. Wenn ich von Bäumen als Mittel zur Bodenerhaltung rede, erzählt er mir, ich hätte nicht den leisesten Schimmer von wirtschaftlichem Farmbetrieb.«

»Wir haben hier schon immer Bäume – seit meinem Urgroßvater. Daddy sagt, niemand produziert heute mehr Humus, und darum müssen wir erhalten, was wir haben.«

»Werde ich deinen Vater kennen lernen?«

»Beim Mittagessen. Wir sollten uns auch bald auf den Rückweg machen.«

»Noch nicht. Es ist zu schön hier – für mich im Augenblick der schönste Fleck auf der Welt.«

Er hatte Recht. Warum war sie denn in Eile? Was war so wichtig, dass sie die Ruhe hier nicht einfach weiter genießen konnten? Sie lehnte ihren Kopf wieder gegen den Baumstamm.

Die Sonne, die durch die Blätter der Eiche schien, ließ in der Dunkelheit hinter Robins geschlossenen Augen kleine Goldbällchen tanzen und explodieren. Sie sah ihnen zu, wie sie kreiselten und sich drehten.

»Hey, G. R., bist du wach?«

Sie öffnete die Augen und sah Ricks Gesicht vor ihrem. »Ich ... ich muss für eine Minute eingedöst sein. Mir war auf einmal so leicht zu Mute, und da bin ich wahrscheinlich ...«

»Noch ein Schlag gegen mein Ego. Da gehe ich mit einem Mädchen spazieren, und kaum setzen wir uns hin, schläft sie ein. Sag mal, benutze ich das falsche Mundwasser?«

Sie lachte. »Lass mich doch. Ich freue mich, weil alles so unkompliziert ist mit dir.«

»Unkompliziert? Wie wär's mit faszinierend? Romantisch? Geheimnisvoll? Wie wäre toll? Anregend? Unwiderstehlich?«

»Na, schön, das bist du natürlich auch alles«, sagte sie, stand auf und wischte sich über das Hinterteil ihrer Jeans.

»Stopp«, sagte er und erhob sich ebenfalls. »Du bringst mich in Verlegenheit.« Er legte die Hände auf ihre Schultern. »Robin, ich ...«

Plötzlich ertönte eine Hupe und Robin hörte den Trecker ihres Vaters herankommen, hinter sich einen Anhänger voller Gerätschaften, die man braucht, um Zäune auszubessern.

»Wollt ihr mitfahren?«, rief Will.

Robin winkte. »Klar, Daddy.«

Der Trecker hielt und Rick und Robin stiegen auf. »Daddy, das ist Rick Winn. Rick, mein Dad.«

Rick und Will schüttelten sich die Hände, und Will

setzte den Trecker wieder in Gang. »Sehr schönes Land haben Sie hier, Sir.«

»Kein Vergleich zu eurem«, sagte Will.

»Groß ist nicht alles«, antwortete Rick. »Und wie man damit umgeht, darauf kommt es am meisten an.«

Will steuerte den Trecker in den Scheunenhof. »Mir gefällt meine Arbeit. Ich weiß nicht, wie viele Menschen das behaupten können.«

Unter der Küchentür fragte Rick: »Was duftet da so gut?«

»Das ist Apfelkuchen«, erklärte Libby. »Aber den gibt's erst zum Abendessen. Ich wollte nur sichergehen, dass ihr nachher auch wirklich zurückkommt.«

»Keine Sorge. Jetzt bin ich völlig überzeugt, dass uns was entgehen würde.«

»Dann wascht euch mal die Hände«, sagte Libby, »das Mittagessen steht auf dem Tisch.«

Als sie saßen, senkte Libby den Kopf und streckte die Hände nach beiden Seiten aus. Rick sah unsicher nach Robin, nahm jedoch ihre Hand und die von Will und senkte ebenfalls den Kopf.

Während die Schüsseln herumgereicht wurden, wandte sich Rick an Will. »Haben Sie sich schon mal Gedanken über organische Landwirtschaft gemacht?«, fragte er.

»Du meinst, ohne chemischen Dünger, ohne Pestizide und Herbizide?«

Rick nickte.

»Nein. Ich habe nämlich keinen großen Betrieb – nur 120 Hektar eigenes Land und etwa 400 Hektar Pachtland –, da kann ich mir's nicht leisten zu riskieren, dass meine Ernte kleiner ausfällt.«

»Ich habe die Zeitschrift *Die neue Farm* abonniert, und in jeder Nummer bringen sie Berichte von Farmern, die die Chemikalien weglassen und trotzdem keine Probleme mit dem Ertrag haben.« Rick schaufelte sich zum zweiten Mal Apfelmus auf.

»Ich hab davon gehört, aber ich denke, wir können Landwirtschaft nicht wieder betreiben wie in den Dreißigern. Man muss den Boden düngen und zum Schutz der angebauten Frucht Insekten und Unkraut vernichten.«

»Aber das geht auch ohne Chemikalien.«

»Das glaube ich einfach nicht«, sagte Will. »Seit wir Chemikalien verwenden, sind unsere Erträge fast jedes Jahr gestiegen.«

Libby kleckste Robin einen Löffel Apfelmus auf den Teller, aber Robin sagte: «Ich möchte nichts mehr.«

Rick drehte sich nach ihnen um, aber er schien sie kaum zu sehen. »Wissen Sie, dass viele Insekten und Pflanzenkrankheiten mit der Zeit unempfindlich gegen Chemikalien werden? Es gibt 428 Gliederfüßer, 36 Unkräuter und 90 Pflanzenkrankheiten, die gegen Pestizide schon resistent sind.«

»Ja? Also bei mir scheinen sie noch zu wirken. Sag mal, setzt dein Vater Chemikalien ein?«

»Ja, Sir.«

Will nickte viel sagend und trank seinen Eistee aus.

Robin war höchst erstaunt. Nie hatte sie ihren Vater so lange am Stück mit einem Fremden reden hören.

Libby reichte Rick eine Schüssel. »Probier mal diese Tomaten. Die sind aus meinem Garten. Und ich benutze keine Chemikalien.«

Nachdem Will wieder zu seinen Reparaturarbeiten am Zaun gegangen war, halfen Robin und Rick beim Tischabräumen, dann fuhren sie nach Bennett.

»Ich wusste nicht, dass du dich so für Landwirtschaft interessierst«, sagte Robin, während sie den Honda auf den Highway steuerte.

»Ich interessiere mich für alternative Anbaumethoden. Mein Vater sagt, ich hätte keine Ahnung von den Dingen, über die ich rede. Er hat Recht; mein Wissen stammt fast ganz aus Büchern. Aber es kann ja trotzdem was dran sein. Überleg doch mal: Jährlich werden etwa 200 Dollar pro Hektar für Kunstdünger ausgegeben. Bei einer Farm von der Größe wie eure sind das ungefähr 200 000 Dollar. Ich wette, dein Vater wüsste vieles, wofür er dieses Geld lieber ausgeben würde. Und weißt du, dass 62 Prozent der heute eingesetzten Pestizide nie darauf getestet worden sind, ob sie möglicherweise Krebs erzeugen?«

»Was?«

»Es ist wahr. Und weißt du, dass DBCP, das 1979 verboten wurde, noch immer im Trinkwasser gefunden wird?«

»Wieso kennst du so viele Zahlen und Statistiken?«

Er zog die Schultern hoch. »Ich kann mir so was eben gut merken. Langweile ich dich?«

»Nein«, sagte sie, aber es klang nicht sehr überzeugend.

Er lachte. »Also doch. Niemand kann langweiliger sein als ich, wenn ich erst mal bei der alternativen Landwirtschaft bin. Tut mir Leid.«

»Ein Nachmittag in Bennett wird Strafe genug sein«, sagte sie. »Besonders ein Samstagnachmittag. Alle werden da sein, einkaufen oder ins Kino gehen oder nur vor dem Rathaus rumhängen. Und jeder kennt mich, seit ich ein kleines Mädchen war, aber dich hat keiner je gesehen, und alle werden wissen wollen, wer du bist und was du mit mir zu tun hast. Was sollen wir ihnen erzählen?«

»Dass du Morddrohungen bekommen hast und ich dein Bodyguard bin.«

»Sehr witzig. Du siehst nicht gerade aus, als ob du ein Bodyguard sein könntest.«

»Vielen Dank. Beleidigst du meinen Körperbau?«

Sie wurde rot. »So hab ich's nicht gemeint. Ich meine, du siehst zu nett aus.«

»Nett? Das passt zu ›unkompliziert‹. Ich sehe schon, ich mache wirklich Eindruck auf dich.«

»Ich verstehe ›nett‹ und ›unkompliziert‹ nicht als Kränkung. Wie würdest du mich beschreiben?« Robin staunte über sich selbst, denn eigentlich war das eine Frage, die eher Marci stellen würde.

»Oh ... zuerst mal nett. Sehr nett. Und dann ... unkompliziert. Mein Typ Mädchen.«

Sie wusste nicht, ob er es ernst meinte oder nicht.

»Mir fällt was ein!«, rief er. »Wir könnten so tun, als ob ich zu Besuch aus einem anderen Land bin. Ich kann eure Sprache nicht und du musst für mich dolmetschen.«

»Das ist lächerlich! Das kann ich nicht.«

»Warum nicht? Mir würde es Spaß machen.«

»Aber mir nicht. Und überhaupt – wie soll ich denn für dich dolmetschen?«

»Wir können uns ein paar Ausdrücke überlegen. Mehr brauchst du nicht. Wenn etwas zu schwierig wird, kannst du immer sagen, das könntest du nicht übersetzen. Komm, trau dich.«

»Ich weiß nicht.«

»Pass auf, als ich dreizehn war, habe ich jedes Mal, wenn ich mit meiner Mutter einkaufen gehen musste, so getan, als wäre ich blind. Ich habe ihren Mantelärmel umklammert und mit leerem Blick in die Runde geschaut. Sie hat sich immer furchtbar geärgert, und wenn ich dann über Randsteine gestolpert bin, hat sie gesagt: ›Wirst du wohl sofort aufhören?‹ Und alle Leute haben sie angestarrt, als sei sie eine Hexe. Einen armen blinden Jungen so zu behandeln!«

»Ich glaub dir nicht.«

»Es stimmt. Du kannst sie fragen.«

»Werde ich denn Gelegenheit dazu haben?«

»Klar. Wenn du willst. Willst du?«

»Aber sie soll nicht weinen wegen mir.«

»Das wird sie wohl.«

Sie kamen jetzt nach Bennett, und wie Robin vorhergesagt hatte, wimmelten die Straßen von Einkaufsbummlern.

»Das hier ist unsere historische Hauptstraße«, sagte sie, während sie langsam hindurchfuhren, »rechts *Kroger,* links das *A&P.* Weiter unten ist das *Kino Bijou,* wo wir drittklassige Publikumsrenner zu sehen kriegen wie *Tarzan und die Zwergmenschen* und *Rache der Viehdiebe.* Dort drüben ist das *Café Crest,* wo man sich an jedem Tag der Woche eine Lebensmittelvergiftung holen kann. Ich weiß, auf einen Weltreisenden wie dich muss das alles hinterwäldlerisch wirken, aber schließlich bist du ja von weit her gekommen, um etwas von der Atmosphäre dieses Landes einzusaugen, oder?«

»Ja«, sagte er und nickte.

Robin parkte den Wagen am Ende der Hauptstraße, weil alle günstiger gelegenen Parkplätze schon besetzt waren. »Dein Plan wird nie klappen«, sagte sie zu Rick.

»Vertrau mir. Ich lasse dich nicht aus dem Auto, bevor du genau weißt, was du sagen musst. Hast du mal ein Stück Papier da?«

Robin angelte einen Schulblock vom Rücksitz und beobachtete Rick, wie er Quatschsätze vor sich hin sagte und aufschrieb. Er erklärte Robin, was sie bedeuten sollten, dann musste sie sie wiederholen, bis sie alle auswendig konnte.

»Das ist doch verrückt«, sagte sie. »Woher soll ich diese Sprache überhaupt kennen?«

»Es war die Muttersprache deines Großvaters. Du hast sie als Kind auf seinen Knien gelernt, und als du mich jetzt sprechen gehört hast, ist sie dir wieder eingefallen. Ich bin der Enkel von einem alten Kumpel deines Großvaters.«

»Mein Großvater hieß Herb Clayton. Wie fremdländisch klingt das in deinen Ohren?«, fragte Robin.

»Auf Ellis Island, im Lager für Einwanderer, hat er seinen Namen geändert. So was haben viele gemacht.« Er sah sie an. »Okay. Wenn du nicht magst, lassen wir's. Ich dachte nur, es wäre witzig. Ein kleiner Spaß, der keinem schadet. Die meisten Menschen verbringen ihr Leben mit ...«

»Also gut, also gut!«, sagte sie grinsend. »Du bekommst wohl immer deinen Willen?«

Er machte die Wagentür auf. »Aber nur, weil ich gelernt habe, hartnäckig zu sein.«

Langsam spazierten sie zur Stadtmitte.

»Wie soll ich dich nennen?«, fragte Robin.

»Was hältst du von Litvark? So heißt man bestimmt in einer ganzen Reihe von Ländern.«

»Ich zweifle nicht daran. Aber ich hab den Namen noch nie gehört.«

»Ich auch nicht. Genau das meine ich ja.«

»Pass auf! Da kommt deine erste Bewährungsprobe – es ist meine Freundin Marci.«

Ein paar Meter vor ihnen kam gerade Marci aus dem Warenhaus, ein Päckchen in der Hand. Sie sah Robin und winkte. »Hi, Rob«, rief sie.

Sie gingen zu ihr. »Hi, Marci. Das ist Litvark, aus Übersee. Sein Großvater war mit meinem befreundet. Litvark ist zu Besuch bei Verwandten in Jefferson und ist mal zu uns rübergekommen. Er kann kein Englisch. Litvark, *doosel vinyee Marci.*«

Rick nahm Marcis Hand, beugte sich vor und küsste sie. Verblüfft sah Marci Robin an. »Wow!«

»Das ist üblich in … da, wo er herkommt«, sagte Robin.

»Ist er der Besuch, den du erwartet hast? Kann gut verstehen, warum du ihn nicht teilen wolltest. Der ist ja niedlich.« Sie senkte die Stimme. »Ich wette, ich käme auch ohne Worte mit ihm klar.« Sie lachte. »Bin ich froh, dass er mich nicht versteht! Sag mal, wieso kannst du mit ihm sprechen?«

»Ja, das ist komisch. Ich habe die Sprache von meinem Großvater Clayton gelernt, als ich klein war. Es ist erstaunlich, wie schnell alles wieder da war, kaum dass ich anfing, mit Litvark zu sprechen.«

Rick stand auf dem heißen Bürgersteig, die Hände vor sich verschränkt, und strahlte die beiden Mädchen an.

»Warum bringst du ihn nicht mit zum Tanzen heute Abend?«, fragte Marci. »Bestimmt würde er Ivan ein paar Nüsse zu knacken geben. Kann er tanzen?«

»Weiß ich nicht. Ich werde ihn mal fragen. *Yertle meesuk tappi-tappi, Litvark*?«

Ricks Augen leuchteten auf, er startete ein ausführliches Geschnatter aus Quatschwörtern und gestikulierte begeistert mit den Händen. Robin konnte sich kaum das Kichern verkneifen.

»Hach, tut mir Leid, Marci. Er muss heute noch zurück nach Jefferson. Aber er sagt, er ist Champion im Volkstanz bei sich zu Hause. Wenn du gern ein paar Volkstänze sehen möchtest, würde er sie dir vorführen.«

»Ich würde mir gern vieles von ihm vorführen lassen, aber Volkstanz nicht unbedingt. Um Himmels willen,

Rob, er ist großartig. Hoffentlich begegnest du Ivan, bevor dein Wie-heißt-er-noch-mal fahren muss!«

»Ich hätte nichts dagegen.«

»Zu schade, dass ihr heute Abend nicht mitkommt. Du kannst es dir ja noch mal überlegen. Ich muss jetzt los.« Sie hielt ihr Päckchen hoch. »Meine Mutter hat die Luftballons für Billys Party vergessen. Die kleinen Monster werden sie ja sowieso in den ersten zehn Minuten alle platzen lassen. Sag dem Prachtboy Auf Wiedersehen von mir.«

Robin dolmetschte und Rick sah niedergeschlagen zu Marci hin. Wieder beugte er sich vor und unter traurig gemurmelten Lauten küsste er zum Abschied Marcis Hand.

»Oh, Rob, der Typ ist zu lieb, um wahr zu sein. Der könnte den Jungen hier mal einiges beibringen. Kennst du ihn schon näher?«

»Wir haben uns gerade erst kennen gelernt.«

»Also, der sollte mal bei mir zu Hause wohnen, da würde ich aber darauf bestehen, ihn näher kennen zu lernen.«

Rick sagte etwas in fragendem Ton zu Robin.

»Er will wissen, worüber wir reden«, erklärte sie Marci. »Ich werde ihm antworten, du hättest ihn nett gefunden.«

Marci bedachte Rick mit einer verspielten Fingerbewegung und einem hingebungsvollen Lächeln, dann lief sie die Straße hinunter.

»Worum geht es eigentlich?«, fragte Rick. »Ich wäre

gerne mitgegangen zum Tanzen. Besonders mit Marci. Wir bräuchten keine Worte, um uns zu verständigen.«

»Du kannst nur Volkstänze, vergiss das nicht. Und überhaupt, ich will nicht den ganzen Abend mit Dolmetschen verbringen. Das ist mir zu mühsam!«

»Wer ist Ivan?«

»Nur einer, mit dem ich früher mal gegangen bin.«

»Früher? Was ist passiert?«

»Wir waren verschiedener Auffassung in einer wichtigen Sache. Pass auf, da kommt Miss Emerson, meine Lehrerin in der ersten Klasse. Sie ist jetzt im Ruhestand und ein bisschen schwerhörig, deshalb könnte es einfacher werden als bei Marci.«

»Robin, meine Liebe, wie geht es dir?«, sagte Miss Emerson und nahm Robins Hand in ihre alten, schlaffen Hände. »Und wer ist dieser stattliche junge Mann? Ich denke doch, ich kenne alle Jungen in Bennett. Jeder von ihnen war irgendwann mal in meiner Klasse.«

»Er ist nicht aus Bennett, Miss Emerson«, sagte Robin laut. »Er ist zu Besuch aus Europa. Er kann kein Englisch. Aber ich werde Sie vorstellen.« Sie wandte sich an Rick. »Litvark, *doosel vinyee Miss Emerson.*« Rick beugte sich vor und küsste Miss Emerson die Hand.

»Oh«, sagte sie und wurde rot. »Wie reizend. Solch hübsche, altmodische Manieren. Ein Jammer, dass unsere Jungen kein solches Benehmen haben. Wie, hast du gesagt, heißt er?«

»Litvark«, sagte Robin und hob die Stimme.

»Litvark«, wiederholte Miss Emerson nachdenklich.

»Welch ungewöhnlicher Name. Woher, hast du gesagt, kommt er?«

Robin murmelte etwas.

»Wie bitte, meine Liebe?«

Robin murmelte lauter.

Miss Emerson runzelte die Stirn. »Ach ja. Ein schöner Fleck Erde. Ich hoffe, ich komme eines Tages mal hin. Nun, ich muss mit meinen Besorgungen weitermachen. Wie schön, dich mal wieder zu sehen, Robin, Liebes. Grüße deinen Vater und deine Großmutter von mir, ja? Und sage Litvark, es war mir ein Vergnügen.«

Robin dolmetschte, Rick küsste noch einmal Miss Emersons Hand, und die alte Frau trippelte über die Straße davon.

Sie setzten ihren Bummel fort und blieben gelegentlich stehen, damit Robin Rick jemandem vorstellen konnte.

»Ich kann gar nicht glauben, dass wir das tatsächlich durchziehen«, sagte sie. »Wollen wir nicht hinüber ins *Crest* gehen und uns mit einer Limo belohnen?«

»Gute Idee«, sagte Rick. »Mein Mund ist schon ganz trocken.«

Nach der Helligkeit draußen schien es im Innern des Cafés dämmrig. Als sich Robins Augen daran gewöhnt hatten, entdeckte sie Ivan und Bobby, die in der vorderen Nische saßen und Hamburger aßen.

Sie wandte sich an Rick. »Bist du sicher, dass du hier was trinken möchtest?«

»Unbedingt. Warum?«

»Mach dich darauf gefasst, noch mal Litvark zu spielen. Dort in der Nische sind ein paar Leute, die ich kenne, und die werden mich nicht vorbeilassen, ohne dass ich ein paar Worte mit ihnen rede. Komm, bringen wir's hinter uns.«

Sie schlenderte an Ivans Nische vorbei. »Hey, Robin!«, rief er. »Wie geht's?«

»Gut.«

»Hab dich seit Schuljahrsende nicht mehr gesehen.«

»Stimmt«, sagte sie.

»Willst du uns nicht deinem Freund da vorstellen?«

»Natürlich. Das ist Litvark. Er ist zu Besuch aus Europa. Er kann kein Englisch. Litvark, *doosel vinyee Ivan.*«

Rick schlug die Absätze zusammen und streckte Ivan die Hand hin. Ivan nahm sie mit verblüffter Miene.

»Litvark, doosel vinyee Bobby.«

Wieder knallte Rick mit den Absätzen und schüttelte Bobby die Hand.

»Was habt ihr denn so vor, du und dieser Aardvark?«, fragte Ivan.

»Er heißt Litvark. Ich zeige ihm gerade Bennett. Uns war heiß und da sind wir auf eine Limo hier reingekommen. Nett, dich getroffen zu haben, Ivan. *Kummi, Litvark.*« Sie wollte gehen.

»Warte mal, warte«, sagte Ivan. »Wirst du mit Lardass heute Abend zum Tanzen ins *Pavillon* kommen?«

»Ich hab dir doch erklärt, dass er Litvark heißt. Wir können nicht. Er fährt heute Abend wieder nach Jefferson.«

»Ich könnte dich abholen, wenn er weg ist.«

Robin lächelte unwillkürlich. »Nein, danke.«

»Es liegt an meinem Weg. Keine große Sache. Ich bin gern bereit, mich mit dir zu vertragen, wenn du meinst, dass du in Zukunft nicht mehr so zickig zu mir bist.« Er warf Bobby einen kurzen Blick zu.

»Zickig! Zu dir? Ich habe nicht eine Sekunde bereut, dass ich mit dir Schluss gemacht habe! Ich hätte es früher tun sollen!« Sie stürmte in den hinteren Teil des Cafés, Rick hinter sich herziehend, doch hörte sie, wie Ivan – mit betont lauter Stimme – zu Bobby sagte: »Arme Kleine. Sie ist noch nicht drüber weg. Das Beste, was sie auftreiben kann, ist ein Nazi, der mit den Hacken knallt und nicht mal Englisch kann.«

Rick fuhr herum.

»Denk dran, du verstehst kein Englisch!«, zischte Robin und schob ihn in die hinterste Nische.

»Das ist also Ivan«, sagte Rick. »Miss Emerson hatte Recht. Keine romantischen Umfangsformen hier. Darf ich fragen, was du an ihm gefunden hast?«

»Er war einfach jemand, mit dem man mal ausgehen konnte«, sagte Robin und starrte in die Speisekarte, die sie auswendig kannte. »Es war nichts Besonderes. Keine Ahnung, warum er so viel Theater darum macht. Er kann's nicht ertragen, wenn jeder mitkriegt, dass ich nicht in Trauer versunken bin, nachdem wir Schluss gemacht hatten.«

»Wenn du mich fragst, er ist immer noch scharf auf dich.«

»Ach, hör auf. Ich würde nicht mehr mit ihm gehen, und wenn er als Geschenk verpackt daherkäme.« Und so meinte sie es auch.

Nikki kam mit dem Block in der Hand an ihren Tisch.

»Hi, Nikki. Ich hätte gern eine Limo.«

»Mach zwei draus«, sagte Rick.

»Du möchtest zwei Limo?«, fragte ihn Nikki mit einer schallenden Kaugummiexplosion.

»Nein. Ich möchte eine und sie möchte eine.« Er zeigte erst auf sich, dann auf Robin. »Das macht zwei.«

Nikki zwinkerte ihm zu. An Robin gewandt sagte sie: »Dein Geschmack bessert sich.« Sie kritzelte etwas auf ihren Block und ging davon.

»Ich muss nicht zum Abendessen bleiben. Wenn du lieber mit deinen Freunden zum Tanzen willst, kann ich früher fahren.«

»Nein!«, sagte Robin laut. »Ich meine, ich möchte nicht ins *Pavillon*. Wirklich nicht. Ich würde lieber mit dir zu Abend essen. Es ist so, wie du am Telefon gesagt hast: Man sucht es sich genauer aus, mit wem man befreundet sein will, wenn man krank ist. Mir geht es jetzt schon so. Es ist wichtig, mit wem ich meine Zeit verbringe, wenn ich keine Zeit zu vergeuden habe.«

»Was ist mit Marci?«

»Marci kann ich jeden Tag sehen, wenn ich will. Dich nicht.«

»Also gut. Dann bleibe ich, wenn du es wirklich willst.«

»Soll ich dich anflehen?«, fragte sie.

»Ja, warum eigentlich nicht?«

Sie knüllte ihre Serviette zusammen und warf sie nach ihm.

Als sie das Café verließen, waren Ivan und Bobby schon weg. Die Sonne stand schräg über der Hauptstraße, doch es war immer noch mächtig heiß. Langsam gingen sie zum Auto, dankbar, dass sie niemanden trafen, den Robin kannte. Sie hatten beide genug von Litvark. »Nächstes Mal kannst du wieder blind sein«, sagte Robin. »Das ist bestimmt einfacher.«

»Für dich vielleicht. Aber ich will Ivans Gesicht sehen können, wenn ich ihm eins aufs Maul gebe.«

Robin sah ihn lächelnd an. »Wirklich, ich liebe deinen altmodischen Charme.«

Libby erwartete Robin und Rick an der Tür. »Hi. Eben hat Miss Emerson angerufen und erzählt, sie hätte dich mit einem Ausländer in der Stadt gesehen und wie reizend er sei. Wollt ihr mich nicht einweihen?«

Sie gingen also ins Haus, setzten sich an den Küchentisch und erzählten ihr die ganze Geschichte mit Litvark, und Libby lachte so ausgiebig, dass ihr die Luft wegblieb und Robin sie auf den Rücken klopfen musste. Als sie sich dann an die Vorbereitung des Abendessens machte, entfuhr ihr alle paar Augenblicke wieder ein kleines Kichern, sie murmelte »Litvark!« und musste die Brille abnehmen, um sich die Augen zu wischen.

»Rick«, sagte Libby, als sie zu ihnen an den Tisch kam, wo sie vor Gläsern mit eisgekühltem Kaffee saßen. »Ich würde gern mehr über diesen organischen Anbau hören. In meinem kleinen Küchengarten habe ich es immer so gemacht. Ich dachte, das wäre altmodisch, aber finde mal besseres Gemüse! Ich verwende Mist von Elsie und den Hühnern und mulche alles mit Stroh, um das Unkraut niedrig zu halten. Ich habe Marienkäfer gegen die Insekten, und wenn es sein muss, geh ich raus und lese mit der Hand diese schauderhaften Würmer an den Tomaten ab. Kann man das wirklich auch auf einer großen Farm so machen?«

»Ich glaube schon«, sagte er. »Nicht ganz so wie in Ihrem Garten, aber es gibt Möglichkeiten.«

Robin entschuldigte sich und ging hinauf. Nachdem sie ihre Hände gewaschen und das Haar gebürstet hatte, blieb sie an ihrem Fenster stehen und blickte über die Reihen von jungem Mais und Sojabohnen auf den Feldern. Jedes Jahr im Sommer, wenn die Feldfrüchte so schnell wuchsen, dass sie von Tag zu Tag anders aussahen, meinte sie zu spüren, wie kraftvoll lebendig die Erde war.

»Ich dachte, ich hätte Daddy reinkommen hören«, sagte sie, als sie in die Küche zurückkam.

»Er wäscht sich gerade«, antwortete Libby. »Alles okay mit dir?«

»Bestens«, sagte Robin.

Will kam in die Küche, nahm zwei Bier aus dem Kühlschrank und bot Rick eines an. Libby fand, dass nur gewöhnliche Frauen Bier tränken, und Robin mochte den Geschmack nicht, doch sie trank den ersten kalten Schluck bei ihrem Vater und wünschte sich etwas dabei –

wie sie es getan hatte, seit sie klein war. Heute Abend galt ihr Wunsch nicht nur ihr selbst, sondern auch Rick.

Beim Essen erzählte Libby von Litvark, sie sagte, Will solle sich darauf gefasst machen, dass Leute ihn nach ihrem ausländischen Besucher fragen könnten. Will lachte so herzhaft, wie Robin ihn kaum je erlebt hatte. Das letzte Mal musste es gewesen sein, als ihre Mutter noch lebte.

Libby und Robin räumten die Dessertschüsseln vom Tisch und Rick stand auf, um zu helfen. »Ich spüle und du trocknest ab«, sagte er zu Robin. »Libby und dein Vater haben vermutlich was Besseres vor. Immerhin ist Samstagabend.«

Libby sah Will erwartungsvoll an. »Was hältst du davon?«, fragte sie ihn. »Wir sind abends hier seit Ewigkeiten nicht mehr rausgekommen. Willst du ins Kino?«

»Willst du, Libby?«, fragte Will.

»Du kennst mich«, sagte sie. »Ich würde auch zu einem Hundekampf gehen, nur damit ich was vorhabe. Warte, ich ziehe mir andere Schuhe an.«

»Wollt ihr jungen Leute mitkommen?«, fragte Will.

»Danke, Sir«, sagte Rick, »aber ich muss mich bald auf den Heimweg machen. Der Tag hier hat mir wirklich Spaß gemacht. Ich hoffe, Robin kann auch mal nach Moreland kommen und uns besuchen.«

»Wenn sie möchte«, sagte Will und sah sie an.

»Gern«, antwortete sie.

Robin und Rick waren noch mit den Töpfen und Pfannen beschäftigt, die nicht in die Spülmaschine passten, als

Libby und Will ins Kino aufbrachen. Rick wischte die Spüle mit Reinigungsmittel aus, während Robin die feuchten Geschirrtücher aufhängte.

»Meine Mutter behauptet immer, der Abwasch ist nicht erledigt, bevor auch die Spüle gescheuert ist«, sagte er.

»Musst du jetzt gleich fahren?«, fragte sie ihn, als er seine Arbeit beendet hatte.

»Nicht auf der Stelle«, sagte er. »Eine Weile kann ich noch bleiben. Wollen wir uns nicht auf die Veranda setzen und zusehen, wie die Sonne untergeht?«

Sie setzten sich nebeneinander auf das weiße Korbsofa. Das helle Lodern des Sonnenuntergangs ließ die Ackerfurchen mit den jungen Pflanzen gestochen scharf hervortreten. In einer letzten Farbexplosion wechselte der rosige Himmel von malven- und lavendelfarbenen Tönen zu purpurnen und dunkelblauen. Schweigend und sich an den Händen haltend sahen sie dem Schauspiel zu.

»So ein Sonnenuntergang ist immer wieder schön«, sagte Rick schließlich.

Tränen stachen in Robins Augen. »Die Nacht löscht alle Farben aus, das macht mich traurig. Ich erinnere mich an ein Gedicht, das wir im Unterricht gelesen haben – von Dylan Thomas, über die Wut auf das Verlöschen des Lichtes. Es ging um den Tod. Ich versteh's jetzt besser.«

Er legte die Arme um sie. »Ja. Aber diese Erfahrung machen wir alle früher oder später.«

»Ich will lieber später«, sagte sie und drückte ihr nasses Gesicht an seine Schulter.

»Natürlich. Aber hast du jetzt nicht intensiver auf diesen Sonnenuntergang geachtet, als wenn du in dem Glauben lebtest, du würdest so was noch hundert Jahre lang sehen?«

»Halt mir keine Vorträge. Ich habe Angst. Ich will nicht sterben.«

»Entschuldige. Also gut, dann werde ich nicht versuchen, dich aufzuheitern. Lass uns hier sitzen und so unglücklich wie möglich sein.«

Nach ein paar Minuten hörte Robins Schniefen auf. Sie lag an Ricks Brust, reglos. Dann setzte sie sich auf. »Es hat keinen Zweck. Ich kann mir nicht vorstellen, tot zu sein.«

Er lachte und sie auch. »Warum kann ich bloß so schwer trübsinnig bleiben in deiner Nähe?«, fragte sie.

»Es war schön heute. Ich wünschte, ich müsste nicht nach Hause.«

»Das wünschte ich auch.«

Sie tauschten einen kleinen flüchtigen Kuss, der fast danebenging. Rick legte seine Hand auf ihre Wange. »Das wollen wir gleich noch mal probieren.«

Diesmal klappte es viel besser. Robin fühlte sich nicht überschwemmt wie immer, wenn sie Ivan geküsst hatte. Sie fühlte sich, als schwebe sie in großer Höhe.

»Vielleicht sollten wir uns was für nächstes Mal aufheben«, sagte Rick schließlich, zog behutsam ihren Kopf an seine Schulter und streichelte ihr dichtes Haar.

»Moreland ist so weit weg.«

»So weit nun auch wieder nicht.« Er stand auf und zog sie mit hoch. »Begleitest du mich zum Auto?«

Ein paar Minuten standen sie vor dem Auto und küssten sich noch einmal, dann stieg Rick ein. Robin stützte die Ellbogen auf den Rahmen des heruntergekurbelten Fensters, um Rick ein letztes Mal zu küssen.

»Ich ruf dich an«, sagte er und startete den Motor.

Robin sah den roten Rücklichtern nach, wie sie die Einfahrt hinter sich ließen und in die Landstraße zum Highway schwenkten.

Das dunkle Haus lag lautlos hinter ihr, die Grillen zirpten in den Fliederbüschen, und über ihr kreisten die kalten Sterne – Robin fühlte sich so allein wie noch nie in ihrem Leben.

Herbst

Das Telefon neben Robins Bett klingelte und weckte sie auf. Der Apparat war neu, installiert gegen Ende des Sommers, als sie ihr Zimmer nicht mehr verlassen konnte.

»Hallo?«

»Hi«, sagte Rick. »Ich bin's. Hab ich dich geweckt?«

»Schon gut.« Sie bettete den Hörer in das Kopfkissen neben ihrem Ohr, damit sie telefonieren konnte, ohne den Kopf heben zu müssen. Wenn sie ganz still lag, spürte sie die Übelkeit nicht so heftig.

»Fröhliches Halloween«, sagte er.

»Ich Glückliche muss mir heute Abend wenigstens keine Gedanken über ein Kostüm machen. Ich sehe aus wie ein Monster, ohne mir groß Mühe zu geben.«

»Für mich siehst du immer schön aus.«

»Wie willst du das wissen? Du hast mich drei Wochen nicht gesehen.« Sie merkte, dass ihre Stimme weinerlich klang, aber es war ihr egal.

»Du hast gesagt, ich soll nicht kommen, weißt du noch? Du hast gesagt, dir geht's zu schlecht.«

»Das stimmt ja auch. Aber trotzdem. Ich wusste, dass du das Interesse verlieren würdest, wenn es dir immer besser geht und mir immer schlechter. Erst recht, seit du weg bist aufs College.«

»Robin, ich bin nicht weiter weg, als ich es in Jefferson war. Ich bin auf einem College für Landwirtschaft, nicht in einem Vergnügungspalast. Ich rufe dich jeden Abend an. Du bist ungerecht.«

Tränen rannen ihr aus den Augen und hinterließen einen feuchten Fleck auf dem Kopfkissen. »Ich weiß. Ich kann nichts dafür. Ich sehe schauderhaft aus, ich fühle mich hundsmiserabel, ich komme kaum allein aus dem Bett, und du, du bist umringt von hübschen College-Mädchen, die dich liebend gern unter ihre Fittiche nehmen würden – und ich kann nichts dagegen tun.« Sie presste ihre Hand an den Mund, um ein Schluchzen zu unterdrücken.

»Ich will keine anderen Mädchen. Mein Mädchen bist du. Kann ich dich nächstes Wochenende besuchen?«

»Ich sehe so schrecklich aus. Und ich muss mich dauernd übergeben.«

»Das macht mir nichts aus. Wenn du willst, binde ich mir was vor die Augen.«

»Okay. Wenn du meinst, du kannst es ertragen, dann komm. Du weißt ja, wo du mich findest. Hast du heute Abend noch was Besonderes vor?«

»Hier im Haus veranstalten sie eine Party, aber ich

weiß noch nicht, ob ich hingehen werde. Ich habe kein Kostüm.«

»Geh hin. Ich möchte, dass du gehst. Du kannst doch ein Phantasiekostüm erfinden. Mach dir einen schönen Abend. Unbedingt. Das Leben ist kurz. Denkst du dran?«

»Ich denke dran. Ich ruf dich morgen wieder an. Gute Nacht, G.R.«

»Gute Nacht.«

Die Anstrengung, den Hörer aufzulegen, war zu viel für Robin. Sie ließ ihn neben sich liegen, lauschte dem Summen aus der Muschel und stellte sich vor, wie sich der lange, dünne Draht zwischen ihr und Rick über die vielen Meilen abgeernteter Felder spannte, über Stoppeln und kahle Ackerfurchen, und wie er an einem stummen Telefon in einem leeren Zimmer endete.

Es klopfte an der Tür. Libby öffnete und steckte den Kopf herein. »Hi, Schätzchen. Brauchst du etwas?«

»Kannst du den Hörer für mich auflegen?«

»Klar.« Libby trat ans Bett und legte auf. »Dachte ich mir doch, dass ich dein Telefon gehört hätte. Rick?«

Robin nickte.

»Du hast Glück, Mädchen, weißt du das? Dieser Junge, das ist ein feiner Kerl, und er behandelt dich wie eine Prinzessin.«

»Ich weiß, ich weiß. Das sagst du immer. Hab ich denn wirklich Glück? Schau mich an, sieht so eine Prinzessin aus?«

»Minerva ist unten mit ihren Enkelkindern. Sie hat sie für Halloween herausgeputzt. Willst du sie sehen? Ich kann sie dir raufbringen. Sie sind wirklich süß. Das kleine Mädchen ist eine schwarze Katze mit einem Schwanz und spitzen Ohren und Schnurrhaaren im Gesicht. Und von den Jungen ist einer ein Pirat und der andere ein Musketier. Es könnte dich vielleicht aufmuntern.«

»Nein. Ich sehe zu schaurig aus für kleine Kinder. Besonders wenn ich …« Sie griff nach der Metallschüssel neben dem Bett und erbrach sich, sie würgte und keuchte, um schließlich einen kleinen Klecks Galle hervorzubringen. Die Kotzerei, allein schon schlimm genug, schmerzte noch mehr wegen der Geschwüre in Robins Mund – eine weitere Nebenwirkung der Chemotherapie.

Als sich Robin auf das Kissen zurückgelegt hatte, klebrig und erschöpft, wusch ihr Libby mit einem feuchten Waschlappen behutsam das Gesicht ab, dann spülte sie die Schüssel aus und stellte sie wieder neben das Bett.

»Kannst du jetzt schlafen, mein Liebling?«

Robin nickte und ihre Augen fielen schon zu.

Als sie aufwachte, saß Libby im Lehnsessel und strickte an einem Pullover für Will. »Hi«, sagte Libby. »Schönes Nickerchen gemacht?«

»Was Schönes gibt's nicht mehr für mich.«

»Dieser Zustand dauert nicht ewig. In den nächsten Tagen wird es besser.«

»Wahrscheinlich, weil ich dann tot bin.«

»Robin!«

»Ist doch wahr. Ich werde sowieso bald tot sein. Ich kann mich selber nicht ausstehen – ein Gerippe mit Ringen unter den Augen. Und keiner hat mir gesagt, dass einem nicht nur die Haare auf dem Kopf ausgehen, sondern alle Haare!«

»Du siehst nett und sympathisch aus.«

»Ach, Libby, ich seh aus wie ein gerupftes Huhn! Nicht mal Augenbrauen hab ich!«

»Soll ich dir welche malen? Ich könnte dir Augenbrauen aufmalen, wenn's dir damit besser geht.«

»Nein, die Farbe würde schnell verschmieren. Es ist mir egal. Du bist sowieso der einzige Mensch, der mich ständig sieht, und du hast dich daran gewöhnt.« Robin wollte nicht einmal mehr Marci hier haben, Marci, die den ganzen Sommer über eine zuverlässige Besucherin gewesen war.

»Mir macht es nichts aus, wie du aussiehst«, sagte Libby.

Wieder wurde Robin von einem Anfall von Würgen und Erbrechen überwältigt. Nachdem Libby sie wieder gewaschen hatte, setzte sie sich auf die Bettkante und hielt Robins Hand. »In diesem Buch, das wir haben, steht, du könntest durch positive Gedanken selber zum Gesundwerden beitragen. Ich bin sicher, das stimmt, aber mir scheint, es muss auch mal Momente für negative Gedanken geben. Selbst wenn es heißt, dass sie negative Folgen haben.«

»Ich habe mir früher nie viel negative Gedanken gemacht«, sagte Robin schwach, ihr Mund brannte. »Wieso habe ich dann Leukämie bekommen?«

»Wenn ich das wüsste. Soll ich den Fernseher anschalten? Vielleicht kommt was, das dich zum Lachen bringt.«

»Von mir aus. Wenn es dich ablenkt. Wieso kommt eigentlich Daddy nie rauf und setzt sich zu mir, wenn ich so nett und sympathisch aussehe?«

Libby seufzte. »Er würde gern, aber er kann einfach nicht. Es ist ihm unerträglich, wenn er zuschauen muss, wie übel dir ist. Aber er kommt abends immer in dein Zimmer und sagt dir Gute Nacht.«

»Wenn das Licht aus ist. Dann muss er mich nicht sehen.«

»Aber er kommt. Sei nicht wütend auf ihn, Robin. Er tut sein Bestes.« Sie zappte durch die Programme, bis sie einen lustigen Spielfilm fand, dann ging sie wieder zu ihrem Sessel.

Libby lachte leise vor sich hin und strickte und Robin lag mit finsterer Miene im Bett. »Nie hätte ich gedacht, dass ich als Jungfrau sterbe.«

Libby drehte sich nach ihr um. »Was?«

»Du hast schon richtig verstanden. Ich will nicht als Jungfrau sterben. Es ist nicht gerecht. Du hast drei Männer gehabt und ich werde nicht mal einen haben.«

»Nun, die können wir uns aufteilen«, sagte Libby lächelnd. »Einer und ein halber für jede. Du kannst den ersten haben, ich nehme den letzten, und den zweiten teilen wir uns.«

Robin versetzte den Kissen unter ihrem Kopf einen leichten Stoß. »Von dem ersten hast du mir erzählt und Herb habe ich selber gekannt, aber ich weiß nichts vom zweiten. Wie war er?«

»Warte mal.« Libby ließ ihr Strickzeug auf den Schoß

sinken. »Er war groß, dunkel und sah gut aus. Er sah wirklich gut aus. Komisch, dass meine ersten beiden Männer so unerhört ansehnlich waren und mein dritter klein, kahl und übergewichtig. Aber Gott hat keinen besseren Mann in die Welt gesetzt als Herb. Ich habe zu lange gebraucht, bis ich begriff, dass Aussehen nicht alles ist. Aber egal. Er hieß Randall, doch keiner nannte ihn so. Er hieß bei allen Lucky. Er war Vertreter und konnte jedem alles verkaufen. Ich glaube, in gewisser Weise hat er sich auch mir verkauft. Doch wie die meisten seiner Kunden bekam ich nicht, was ich bezahlt hatte. Er mag äußerlich schön gewesen sein, aber innerlich war er gemein. Oh, und wie gemein. Immer musste er seinen Willen durchsetzen, egal, wie unvernünftig es war, sonst wurde er fuchsteufelswild.«

»Hat er dich geschlagen?«

Sie nickte. »Ja. Ich schäme mich es zu sagen, aber er hat mich geschlagen, ja. Doch die Jungen habe ich davor bewahrt. Kurz nach Eddies Geburt, als wir gerade aus dem Krankenhaus gekommen waren, lag der Kleine in seinem Körbchen und schrie und schrie, und ich wusste nicht, was tun. Ich hatte ihn gewickelt, gefüttert und alles, und mir war selber zum Heulen. Da stellte sich Lucky vor den Korb und hob die Hand, als wolle er dieses winzige Baby schlagen. Ich lief hin und pflanzte mich vor ihm auf und sagte: ›Untersteh dich und schlag jemals eins meiner Kinder!‹ Und er hat es nicht getan. Er hat dafür mich geschlagen und mir erklärt, was ich für eine schreckliche Mutter sei, aber nie hat er sich an einem der Jungen vergriffen. Das war auch gut so, weil sie ihn später beide an Körpergröße überholten, und sie hätten es nicht vergessen. Bis sie größer waren als er, waren wir längst geschieden. Aber ich blieb zehn lange, sinnlose Jahre bei ihm.«

»Warum? Warum hast du so lange mit ihm zusammengelebt?«

»Ach, Schätzchen, damals war alles anders. Scheidungen waren noch nicht so an der Tagesordnung und vielleicht haben wir auch nicht so viel erwartet vom Verheiratetsein. Damals waren viele Leute verheiratet, die heute vermutlich geschieden wären, aber sie haben an Scheidung nicht einmal gedacht. Man heiratete und man blieb verheiratet und man fand sich mit allem ab – wie immer die Ehe auch aussehen mochte. Immerhin war ich schon einmal geschieden und ich wollte das nicht zweimal auf mich nehmen. Einmal war Schande genug. Zweimal – und man wurde zum öffentlichen Ärgernis. Und ich hatte ja die Jungs. Wie sollte ich sie durchbringen, wenn ich geschieden war? Aber eines Tages prügelte er mich krankenhausreif, ohne jeden Grund – er dachte, ich hätte mit jemandem geflirtet, den ich nicht einmal kannte –, und da bekam ich Angst, er könnte mich umbringen. Deshalb wohnte ich, nachdem ich aus dem Krankenhaus entlassen wurde, bei einer Freundin, die auch die Jungen bei sich aufgenommen hatte. Nach Hause bin ich gar nicht mehr gegangen. Ich fand eine Stelle und sorgte für unseren Lebensunterhalt. Ende.« Sie nahm ihr Strickzeug wieder auf.

»Und Herb? Wann hast du ihn kennen gelernt?«

»Bald danach. Ich lernte ihn an meiner Arbeitsstelle kennen. Wir sind lange miteinander gegangen, ehe ich wieder ans Heiraten denken konnte – wie du dir vorstellen kannst. Ich war übervorsichtig. Aber Herb ließ nicht locker, Gott sei Dank, und schließlich gab ich nach. Er adoptierte die Jungen, zusammen bekamen wir Julie, und ich war immer glücklich mit ihm. Immer.«

Robin schlug mit der Hand auf die Bettdecke.

»Was ist los?«, fragte Libby.

»All die Ereignisse, die es in deinem Leben gegeben hat. Du hattest so ein erfülltes Leben. Das werde ich alles nie erfahren.«

»Nun, das weißt du doch nicht. Und so großartig war das alles durchaus nicht. Diese zehn Jahre mit Lucky würde ich meinem schlimmsten Feind nicht wünschen. Erst recht nicht dir.«

»Du hast so viel erlebt. Ich werde nichts erleben, ich kenne nur den Anfang, den Kinderteil. Du kannst dem Sterben gegenüber so gelassen sein, weil du ein Leben gehabt hast. Ich werde sterben müssen und habe nur so einen flüchtigen Schimmer vom Leben gekannt.«

»Wer sagt, dass du sterben musst? Niemand sagt das. Und wer sagt, ich sei gelassen dem Tod gegenüber? Auch ich bin nicht begeistert von der Vorstellung. Und was all die Erlebnisse angeht – es gab Zeiten, da hätte ich den Tod begrüßt. Es hört sich nur jetzt so reizvoll an, weil wir wissen, wie es ausgegangen ist. Damals wusste ich nicht, dass ich Lucky entkommen und dass ich Herb kriegen würde. Damals wusste ich nur, dass ich an diesem verrückten, gefährlichen Mann festhing, und ich sah keinen Ausweg. Ich hatte ein schweres Leben, Kindchen. Vergiss das nicht. Ich habe alle meine Kinder verloren. An Kriege, Krankheit und Unfälle; Ereignisse, gegen die ich hilflos war. Ich habe Herb verloren. Das Leben an sich – das heißt noch lange nicht, dass es immer nur gut ist.«

»Wie wahr.«

Libby legte ihr Strickzeug zur Seite und nahm Robins Hand. »Aber es ist auch nie ganz schlecht. Alles ändert sich, darauf kann man sich verlassen. Wenn ich dir jetzt auf der Stelle versichern könnte, dass du wieder gesund wirst und neunzig Jahre alt – würde sich das nicht auf dein Befinden auswirken?«

»Doch, klar. Dann würde ich das hier als vorübergehend betrachten. Ich kann alles aushalten, wenn ich weiß, es ist vorübergehend.«

»Genau das ist der Punkt. Jene schrecklichen Jahre mit Lucky waren vorübergehend, auch wenn ich das damals nicht wusste, und danach ist mein Leben viel besser geworden.«

Robin betrachtete ihre Großmutter. Die Vorstellung hatte etwas Verlockendes. Ihr war so elend, sie war überzeugt, dass sie sterben würde – wenn nicht an der Krankheit, dann an der Behandlung. Aber vielleicht war es ja wirklich vorübergehend. Es kam durchaus vor, dass Leute gesund wurden. Rick ging es besser. Vielleicht war er auf dem Weg der Heilung. Vielleicht ja auch sie.

»Bist du bereit für einen Ausflug ins Bad?«, fragte Libby.

»Was?«

»Bad. Frisches Nachthemd. Imbiss. Bist du so weit, um das jetzt in Angriff zu nehmen?«

»Essen nein. Aber Bad ja. Und ein frisches Nachthemd klingt auch gut. Dann geht's mir vielleicht besser.«

»Braves Mädchen«, sagte Libby und half Robin aus dem Bett.

»Rick kommt nächsten Samstag. Meinst du, du könntest mir dann Augenbrauen aufmalen? Und etwas finden, das ich auf den Kopf setzen könnte? Keine Perücke, die sehen so künstlich aus. Eine Mütze oder eine Haube oder ein Tuch oder so was.« Sie stützte sich auf Libby, um sich von der Anstrengung des Aufstehens zu erholen.

»Ja, sicher. Wie wär's mit einer gerüschten Nachthaube? Oder mit einer Baskenmütze? Nach was für einer Stimmung ist dir zu Mute?«

»Wie wäre ein Hexenhut?«, fragte Robin.

»Zu negativ«, sagte Libby. »Positive Gedanken, ja?«

Sie machten sich auf den Weg durch das Zimmer. »Okay«, sagte Robin. »Mal überlegen, was positiv ist an meiner Lage: Wir sparen Geld, weil ich kein Haarwaschmittel brauche. Ich blockiere nicht mehr das Telefon. Du brauchst dir keine Sorgen machen, wo ich stecke oder mit wem ich zusammen bin.« Sie sah Libby an. »Mehr fällt mir nicht ein.«

Als Rick am Samstag kam, saß Robin aufrecht im Bett, ein üppig gekräuseltes Flanellnachthemd am Leib, das ihre ausgemergelte Gestalt verschleierte. Libby hatte ihr mit dem Make-up geholfen, sodass Robin nun Augenbrauen und etwas Farbe im Gesicht hatte, und sie trug eine altmodische Nachthaube mit einem durchgezogenen Band.

Rick küsste sie auf die Wange. »Großartig siehst du aus! Was soll das ganze Monstergerede?« Er setzte sich auf die Bettkante und hielt Robins Hand.

»Du siehst auch toll aus. Du siehst wunderbar aus. So nach College.« Er trug ein Sweatshirt in den Farben seiner Schule mit einem Wappen auf der Vorderseite. »Wie ist es auf der Schule?«

»Die Schule ist phantastisch. Und von zu Hause weg sein ist mehr als phantastisch. Ich kann gar nicht genug kriegen von meinem neuen Leben. Aber mein Gott, du hast mir gefehlt. Wie geht's dir?«

»Besser, denke ich. Mir wird wenigstens nicht mehr so oft übel. Wie ist es draußen? Ich finde es schrecklich, dass ich nicht rauskann.«

»Wie immer im November. Es ist kalt und in den letzten Nächten hatten wir strengen Frost. Manchmal scheint die Sonne strahlend hell, und wenn man aus dem Fenster sieht, meint man, es sei warm draußen, aber wenn man rausgeht, ist es kalt.«

»Von der Ernte habe ich nicht viel mitgekriegt, mir war einfach zu elend. Ich kann es sowieso nicht leiden, wie hinterher die Felder aussehen; so tot, abgerupft und kahl. Sie sind schöner im Winter, wenn sie verschneit liegen.«

»Das ist komisch. Mir gefällt es, wie sie im Herbst aussehen – als hätten sie sich zu einer verdienten Ruhepause hingelegt.«

Sie schüttelte den Kopf. »Ich mag den Frühling, wenn all die neuen, kleinen Pflanzen aus der Erde brechen. Und den Sommer, wenn alles grün und kräftig ist und die Felder so üppig aussehen. Den Herbst kann ich nicht ausstehen. Als ich krank geworden bin, hatte ich das Gefühl, ich würde im Herbst sterben, wenn auch alles andere stirbt.«

»Ich glaube nicht, dass dir das gelingt, G. R.«

»Hoffentlich nicht. Wenigstens nicht in diesem Herbst.«

»Als ich krank geworden bin, habe ich gedacht, ich würde im Frühjahr sterben. Alles fing neu an. Es schien mir eine gute Zeit, dass auch ich etwas Neues anfange.«

»Was, dachtest du, würde für dich anfangen?«

Er runzelte die Stirn. »Ich weiß es nicht. Mir gefällt der Gedanke an Wiedergeburt. Ich stelle mir nicht gern vor, dass ich für immer verschwunden bin. Aber vielleicht ist es dort, wohin man geht, so schön, dass man gar nicht zurück möchte. Ich wünschte, ich wüsste es.«

»Glaubst du, man kommt irgendwohin? Vielleicht ist auch nur alles schwarz, Licht aus, Schluss.«

»Ich möchte mir gern vorstellen, dass man irgendwohin kommt, also stelle ich es mir vor. Warum nicht *das* glauben, womit man sich am wohlsten fühlt?«

»Ich mag keine dunklen Andeutungen.« Sie lehnte sich in die Kissen zurück. »Erzähl mir eine Geschichte.«

»Eine Geschichte? Worüber?«

»Von einem Jungen und einem Mädchen, die ganz schrecklich ineinander verliebt sind, und beide sind zur gleichen Zeit gesund und sie leben glücklich bis ans Ende ihrer Tage.«

»Du hast die Geschichte ja schon selbst erzählt. Ich kann nicht gut erzählen. Willst du den Spruch der Woche hören?«

»Okay. Was ist es diese Woche?«

»›Ich habe keine Angst vor dem Sterben. Ich will nur nicht dabei sein, wenn es passiert.‹ Von Woody Allen.«

Sie lachte. »Toll! Ich wünschte, das hätte ich gesagt.«

Libby erschien in der Tür mit einem Tablett, auf dem sie eine Kanne Tee und eine gewaltige Birnenpastete balancierte. Sie stellte es auf der Kommode ab. »Will ist mit der Arbeit für heute fertig, er kommt gleich herauf und trinkt mit uns Tee.«

Robin riss die Augen auf, aber Libby sah sie nur gleichmütig an.

Nachdem Will Rick die Hand geschüttelt und Robin geküsst hatte, setzte er sich in den Sessel am Fußende des Bettes und postierte sich so, dass er Rick anschaute, nicht Robin. Libby goss Tee ein, schnitt die Pastete auf und reichte die Teller herum.

»Gefällt es dir auf dem College?«, fragte Will, zog ein Stück Bindfaden aus der Tasche und machte sich daran, eine Reihe Knoten zu knüpfen.

»Ja, Sir. Sehr sogar.«

»Kommt mir ulkig vor, auf eine Schule zu gehen, um zu lernen, wie man Landwirtschaft betreibt. Ich habe alles, was ich weiß, gelernt, indem ich meinem Vater und meinem Großvater zugesehen habe. Hin und wieder ein Tipp von einem Nachbarn oder vom Bauernverband. Den Rest habe ich durch die tägliche Arbeit gelernt.«

»Eine Landwirtschaftsschule hat schon ihre Berechtigung, aber ich bin überzeugt, dass man allein durch die Arbeit auf der Farm mehr lernen kann als aus allen Lehrbüchern der Welt. Manchmal möchte ich am liebsten alles hinschmeißen, auf einen Trecker springen und ganz einfach loslegen.«

Will lächelte, steckte den Bindfaden wieder in die Tasche und biss von seiner Pastete ab.

»Ich habe Ihnen ein paar Nummern von dieser Zeitschrift mitgebracht, die ich abonniert habe: *Die neue Farm.*« Rick zog einige Hefte aus seinem Rucksack und gab sie Will. »Ich dachte, Sie würden vielleicht gern mal reinschauen.«

Will blätterte eine der Zeitschriften durch. »Ha! Hier ist ein Artikel über einen Farmer, der seinen Acker noch mit Pferden bewirtschaftet. Mit Pferden!«

»Es klingt vielleicht altmodisch«, sagte Rick, »aber Pferde sind kostengünstig, vermehren sich, und den ›Treibstoff‹, den sie brauchen, kann man anbauen. Und sie liefern organischen Dünger. Das kann man von einem Mähdrescher nicht behaupten.«

»Nicht mal mein Großvater hat noch mit Zugpferden gearbeitet«, sagte Will.

»Ich will nicht behaupten, dass sich das überall machen ließe, aber man kann darüber nachdenken.«

»Du bist ja ein ganz großer Anhänger von alternativer Landwirtschaft, stimmt's?«, fragte Will.

»Ja, Sir«, sagte Rick. »Ich weiß, es klingt rigoros, aber ich denke, die Durchsetzung alternativer Methoden ist die einzige Lösung zur Erhaltung unserer Erde.« Er stockte und machte eine verlegenes Gesicht. »Mein Vater sagt, ich sei schlimmer als ein Missionar.«

»Mach dir nichts draus. Ich werde mir die Zeitschriften mal gründlich anschauen.« Will blätterte darin, während er seinen Nachtisch aß.

Vorsichtig nippte Robin an ihrem Tee und betrachtete Rick, als er sich ein zweites Stück Pastete geben ließ und Libby vom College erzählte. Sie war zufrieden damit, ihn einfach nur anzuschauen, nachdem sie ihn so lange nicht gesehen hatte.

Seit Mitte des Sommers, als Robin durch die Auswirkungen der Krankheit und der Behandlung gezwungen war, ihren Ferienjob aufzugeben und zu Hause zu bleiben, waren ihr die Tage in dumpfer Schläfrigkeit und Trübsal verronnen, und nur gelegentlich hatte sie aufstehen können. Marci, manchmal von Bobby begleitet, wurde ihr häufigster und liebster Besuch – außer Rick. Sie brachte den neuesten Klatsch mit, witzige Geschichten und Blumen aus ihrem Garten, außerdem empfand es Robin als wohltuend, dass Marci sich vor einem ehrlichen Wort nicht scheute. Ihre ruhige Gelassenheit und ihr Hang, belanglose Alltagsereignisse zu dramatisieren – die Eigenschaften, über die Robin sich früher geärgert hatte –, machten sie nun zu einer prächtigen Gesprächspartnerin.

Was die Reaktion von Robins Freunden anging, so hatte Rick Recht gehabt – manche waren allzu eifrig besorgt, riefen an und kamen zu Besuch, bis Robin allmählich argwöhnte, dass sie sich von einem morbiden Interesse bewegen ließen. Andere ignorierten sie, aber das konnte Robin unschwer mit der allgemeinen Scheu vor Krebs in Verbindung bringen. Einmal war Ivan hier gewesen und hatte eine sentimentale Karte mitgebracht, auf der in lavendelfarbener Schrift stand: »Zur Genesung die besten Wünsche für meine Nichte.« Fast hätte sie gelacht, weil es so typisch für ihn war, dass er nicht weiter gelesen hatte als bis zu »Genesung« und »beste Wünsche«, doch sie war zu gerührt gewesen von seinem unbeholfenen Mitgefühl.

Als Robin dann fast nur noch damit beschäftigt war, eine möglichst wenig schmerzhafte Position für ihre durchscheinenden, empfindlichen Knochen zu finden und krampfhaft ihre Anfälle von Übelkeit zu unterdrücken, wollte sie mit ihrer Befindlichkeit nicht unbedingt Marci behelligen – es war schon schlimm genug, dass sie Libby und Rick damit zur Last fiel –, also hatte sie die Freundin gebeten, nicht mehr zu kommen. Kurz darauf wollte sie auch Ricks Besuche nicht mehr. Es bedrückte sie zu sehr, wenn er sah, wie elend es ihr ging.

Aber wie herrlich war es jetzt, wieder Besuch zu haben!

»Nun, Robin, du lehnst dich zurück«, sagte Libby. »Wirst du langsam müde?«

»Ein bisschen. Aber es ist schon okay. Ich habe es gern, wenn ihr alle hier seid.«

»Du hast in den letzten Tagen so gute Fortschritte gemacht, da wollen wir keinen Rückschlag riskieren.«

Libby fing an, die Tassen und Teller zusammenzustellen. »Komm, Will. Wir wollen Robin noch ein Momentchen mit Rick gönnen. Sie wird müde.«

Will stand auf, hielt dabei die Zeitschriften in einer Hand und klemmte seinen Finger zwischen zwei Seiten. Die andere Hand streckte er Rick hin. »Hat mich gefreut, dass du mal wieder da warst.« Er gab Robin einen Kuss und ging aus dem Zimmer.

Libby nahm das Tablett auf. »Komm dann runter, Rick. Ich will dir noch was zeigen, bevor du wieder nach Jefferson fährst.«

»Mach ich.« Rick schloss die Tür hinter ihr.

Er setzte sich wieder auf Robins Bett, streifte die Schuhe ab und schwang die Beine auf den Bettüberwurf. Er streckte sich neben Robin aus und zog sie an sich. Ihre Knochen spürte er wie zerbrechliche Zweige in seinen Händen.

»Am liebsten würde ich zu dir unter die Decke kriechen«, sagte er.

»Das hätte ich auch am liebsten. Ich möchte auf keinen Fall als Jungfrau sterben.«

Er lachte. »Bei diesem Problem kann ich dir vielleicht behilflich sein.«

»Meldest du dich freiwillig?«

»Jederzeit, meine Dame. Oder halten Sie Prüfungen ab?«

»Darauf wäre ich nicht gekommen, gar keine schlechte Idee.«

»Ich dachte, ich bin erste Wahl«, sagte er.

»Wenn ich nicht einen anderen ins Auge fassen soll, brauche ich Referenzen.«

»Ich kann ein paar vorlegen.«

»Von wem?«, fragte sie.

»Niemand, den du kennst.«

»Ich wette, von diesen Collegemädchen.«

»Komm, G. R. Ich will dich doch nur aufziehen. Du bist das einzige Mädchen für mich. Es gibt niemand anders.«

»Aber es gab mal eine, oder?«

»Vor langer Zeit, ja. Vor meiner Krankheit.«

»Wer war sie?«

»Ich bin auf der Highschool ziemlich ernsthaft mit einem Mädchen gegangen. Das ist lange vorbei. Ich weiß nicht mal, was sie jetzt macht.«

»Vermisst du sie? Würdest du gern immer noch mit ihr gehen? Sie war doch bestimmt stark, gesund und sexy, oder?«

»Ach, Robin, was du dir für Gedanken machst.«

»Ist doch wahr. So wie ich jetzt aussehe, würdest du bestimmt nicht mit mir schlafen, oder?«

»Ich würde im nächsten Augenblick mit dir schlafen, wenn ich mir vorstellen könnte, dass es dir Spaß macht.« Er drückte sie fest an sich.

»Ich benehme mich blöd«, sagte sie, das Gesicht gegen sein Sweatshirt gepresst. »Ich kann's nicht ausstehen, so krank und hässlich zu sein.«

»Ich weiß. Ich finde es schlimm, dass du so übel dran bist. Aber bald wird es dir besser gehen, und dann …«

Sie lächelte in sein Sweatshirt. »Ist das ein Versprechen?«

»Es ist ein Versprechen.«

Sie lagen eine Weile schweigend und hielten einander in den Armen. Dann spürte Robin, wie er sein Gewicht verlagerte und Anstalten machte, sich von ihr zu lösen.

»Geh nicht! Du sollst nicht jetzt schon gehen! Mir kommt es vor, als bist du gerade erst gekommen.«

»Es wird bald dunkel und ich habe eine lange Fahrt vor mir. Und du brauchst jetzt Ruhe.«

Robin klammerte sich an ihn. »Erinnerst du dich noch an den Tag, als du mich zum ersten Mal besucht hast? Die Blödelei mit Litvark? War das nicht witzig? In der Woche danach habe ich dann mit dem Holzhammerprogramm angefangen und seitdem geht es bergab.«

»Dann wird es jetzt Zeit, dass es wieder bergauf geht. Wir haben viel nachzuholen.«

»Ich weiß gar nicht, warum du immer wieder herkommst. Warum suchst du dir nicht eine ganz normale Freundin und denkst nicht mehr an mich?«

»Weil ich nicht will. Ich liebe dich. Ich bin genauso krank gewesen wie du jetzt, mehr als einmal. Ich weiß, was für ein Gefühl das ist. Es ist das Holzhammerprogramm, Rob. Das macht dich so depressiv.«

»Ich weiß, ich weiß. Okay, dann geh. Ich bin jedenfalls froh, dass du da warst. Wann kannst du wieder kommen?«

»Nächsten Samstag, okay?«

»Wunderbar.«

Er rollte sich auf den Bauch und küsste sie, als wäre sie stark, gesund und sexy. »Wir werden alles nachholen«, sagte er, dann setzte er sich auf die Bettkante, um seine Schuhe anzuziehen. Robin ließ ihre Hand auf seinem Rücken liegen, bis er aufstand.

Sie war eingeschlafen, noch bevor sein Auto aus der Einfahrt rollte.

Am nächsten Samstag, als Rick sie besuchte, saß Robin im Sessel neben ihrem Bett, und den Samstag darauf hatte sie einen Trainingsanzug an und saß unten im Wohnzimmer. Immer noch war sie schwach und müde, aber langsam wuchs ihr Haar wieder, ein feiner Flaum.

Am folgenden Samstag konnte sie, obwohl es draußen kalt und grau war, einen kleinen Spaziergang mit Rick über den Hof machen, und im Stall ruhte sie sich aus und legte ihr Gesicht an Elsies warmen Hals.

»Nächstes Wochenende kann ich nicht kommen«, erklärte Rick. »Dann ist Thanksgiving und wir haben das Haus voll Besuch. Ich muss dabei sein.«

»Du wirst mir fehlen. Es hilft mir so beim Gesundwerden, wenn ich dich sehen kann. Hoffentlich denkst du noch an dein Versprechen.«

»Welches Versprechen?«

»Oh, ich wusste, dass ich mich nicht auf dich verlassen kann.« Sie boxte ihn in den Bauch, aber er spürte es kaum durch seine Daunenjacke. Er umfasste ihr Handgelenk. »Ich denke daran«, sagte er. »Du hast dir also niemand andern überlegt?«

»Keine Chance.«

Am Wochenende nach Thanksgiving schneite es und die Straßen waren nicht befahrbar. Am Wochenende danach fand Ricks Aufnahme in die Studentenverbindung statt und er konnte wieder nicht weg. Und am darauf folgenden musste er in der Schule bleiben, um für die Prüfungen zu lernen. Jeden Abend mit ihm zu telefonieren war kein ausreichender Ersatz für seinen Besuch, aber er meinte, irgendwann zwischen Weihnachten und Neujahr würde er es wohl schaffen.

Robin war jetzt den größten Teil des Tages auf. Sie hatte ein wenig zugenommen, hatte ein Käppchen aus Stoppelhaaren auf dem Kopf und dünne Brauen über den Augen. Weil das Wetter so kalt und eisig war, hatte Libby Bedenken, Robin ins Freie zu lassen, und gab sich alle Mühe, sie zu unterhalten: Sie backten zusammen Brot, kochten Suppe, machten Popcorn, sie saßen beim Tee vor dem Kamin und lasen einander vor, sie spielten Domino und Monopoly und hörten alte Schallplatten.

Robin musste daran denken, wie sie und ihre Mutter sich die Zeit vertrieben hatten, wenn die Farm tagelang eingeschneit war: mit Karten- und Murmelspielen, Kissenschlachten, Versteckspielen und Piratenhöhlen aus Decken, die sie über den Küchentisch gehängt hatten. Marci kam wieder zu Besuch, und ihre Besuche halfen Robin, über ihre Unruhe hinwegzukommen. Wie spannend kam es ihr vor, zu hören, dass es einen neuen Mathelehrer an der Schule gab (wenn auch Mathe alles andere als Robins Lieblingsfach war), dass die *Bennett*

Bulldogs alle ihre Footballspiele gewannen, dass Bobby Marci wegen eines ganz besonderen Weihnachtsgeschenkes zappeln ließ. Das Leben außerhalb ihres Zimmers interessierte Robin wieder.

Doch die Antwort, von der alles abhing, kannte sie immer noch nicht: Würde sie gesund werden oder nicht? Wie konnte sie Entscheidungen treffen, Pläne schmieden oder Ideen entwickeln, ohne zu wissen, wie lange sie noch leben würde? Sie zögerte sogar, mit der Lektüre eines dicken Buches anzufangen. Sie wusste natürlich, dass jeder Mensch plötzlich sterben konnte, durch ein Busunglück, durch eine plötzliche Herzattacke, aber das war nicht dasselbe. Wer so starb, hatte bis zuletzt die Vorstellung eines langen Lebens, das noch vor ihm lag. Diesen Luxus hatte sie nicht.

Winter

Am Donnerstag zwischen Weihnachten und Neujahr stand plötzlich Rick auf der kahlen, windgeschützten Eingangsveranda – Rick in einem Schaffellmantel, mit bloßem Kopf, die Wangen rosig vor Kälte. Robin rannte durch die Diele, riss die Tür auf und warf sich in seine Arme.

»Du kannst ja rennen!«, rief er und umarmte sie. »Und du hast Haare!«

»Oh, ich bin so froh, dich zu sehen! Kannst du den ganzen Tag bleiben? Du musst den ganzen Tag bleiben. Ich werde alle Türen verriegeln und dich nicht rauslassen.«

Im Vorbeigehen legte Rick im Wohnzimmer drei Päckchen unter den Christbaum und hängte seinen Mantel auf. In der Küche traf er Libby, die in einer Zeitschrift las und auf etwas wartete, was in der Röhre brutzelte. Als sie Rick sah, stand sie auf, ließ die Zeitschrift auf den Boden fallen und umarmte ihn.

»Schöne Weihnachten, Rick. Wir haben uns lange nicht gesehen. War Santa Claus gut zu dir?«

»Sehr. Und zu Ihnen?«

»Willst du mich auf den Arm nehmen? Santa Claus und eine klapprige alte Frau wie ich? Mein Strumpf ist jedes Jahr voller Ruten und Asche.« Sie lachte. »Aber sieh mal, was Robin mir geschenkt hat.« Sie zeigte auf einen hohen weißen Käfig neben dem Herd. Darin saß ein farbenprächtiger Papagei auf einer Stange und starrte verliebt sein Ebenbild in einem Spiegel an. »Ist er nicht eine Schönheit? Und er spricht sogar! Du solltest ihn mal hören! Er sagt schon ›Hallo, Libby‹ und ›Wasch dir die Hände‹ und ›Weg mit dem Gewehr‹. Möchte gern mal wissen, wo er vorher gelebt hat.«

Rick trat vor den Käfig. »Das ist ja ein ganz exotisches Geschenk. Wo hast du den bloß aufgetrieben, Robin?«

»Mr. Schaeffer aus der Tierhandlung hat ihn mir beschafft«, sagte Robin. »Papageien lieben tropische Temperaturen, deshalb müssen wir ihn neben dem Herd einquartieren. Ich will ihm dauernd beibringen, ein guter Gesellschafter zu sein, aber er gibt am liebsten nur Befehle von sich. Ich hab mich vielleicht erschrocken, als ich gestern Nacht hier reinkam, was zu essen suchte – und da rief eine Stimme plötzlich: ›Weg mit dem Gewehr!‹«

»Hat er einen Namen?«, fragte Rick.

»Polly natürlich«, erklärte Libby. »Möchtest du eine Tasse Kaffee?«

»Gern.« Er setzte sich an den Küchentisch, Libby stellte eine Kanne Kaffee hin und sie erzählten einander, wie sie die Feiertage verbracht hatten. Robin hielt Ricks Hand auf ihren Knien. Sie fand, dass noch kein Mensch je so gut ausgesehen hatte wie er.

»Hast du Lust auf einen Spaziergang?«, fragte Robin, als Rick seinen Kaffee ausgetrunken hatte. »Ich nutze jede Gelegenheit, um rauszugehen. Das Eingesperrtsein habe ich so satt bekommen.«

»Da bin ich aber nicht begeistert«, sagte Libby. »Die Medikamente schwächen ihre Abwehrkraft und ich habe Angst, dass sie sich eine Erkältung holt, aber sie hört ja nicht auf mich.«

»Ich achte darauf, dass sie gut eingemummelt ist. Und wir werden nicht lang bleiben«, sagte Rick. »Möchten Sie vielleicht mitkommen? Es ist wirklich schön draußen, klar und trocken. Sogar zu trocken, um einen guten Schneeball hinzukriegen.«

»Nein, danke. Ich bleibe lieber im Warmen. Mittagessen gibt's in ungefähr einer Stunde, geht also nicht so weit.«

Als Robin ihre lange Unterwäsche angezogen hatte, einen zusätzlichen Pullover, ihre Daunenjacke, einen dicken Schal, Fäustlinge und eine warme Strickmütze, war es ohnehin zu spät, um sehr weit zu gehen. Robin stürmte durch die Haustür hinaus in die frostklirrende Luft, atmete tief und genussvoll und tanzte über die schneebedeckte Einfahrt. Die Luft war so eisig, vor Robins Augen schienen glänzende Kristalle zu zerspringen.

Sie schob ihren Arm unter den von Rick und presste ihn an sich. »Ich komme mir vor wie Charlie Brown in diesem Cartoon, wo seine Mutter ihn von Kopf bis Fuß warm einpackt und er auf dem Gehweg hinfällt und so dick gepolstert ist, dass er nicht aufstehen kann. Lass mich bloß nicht hinfallen.«

»Keine Sorge, ich pass schon auf. Und wenn du trotzdem fällst, dann lege ich mich einfach neben dich.«

»Oh«, sagte sie. »Nicht hier draußen, aber sonst jederzeit und wo du willst.«

»Also, ich habe da sogar schon eine Idee …«

»Ach, ja? Und welche?«

»Ich muss zu einer Kontrolluntersuchung in die Klinik, Ende Januar. Ist bei dir nicht auch so was fällig? Ziemlich um dieselbe Zeit?«

»Ich glaube schon. Warum?«

»Wir könnten uns in Jefferson treffen, wenn wir alles gut organisieren, für ein paar Tage, wir zwei allein.«

Sie blieb abrupt stehen und legte ihre Fäustlingshände an seine Wangen. Sie zog sein Gesicht zu sich herunter und küsste seine kalten Lippen. »Ich finde, das ist der beste Vorschlag, den ich je gehört habe.«

Als sie wieder ins Haus kamen, hatten sie einen Bärenhunger. In der Diele schälten sie sich aus ihrem dicken Winterzeug, gingen ins Wohnzimmer, stellten sich vor das Kaminfeuer und rieben fröstelnd ihre Hände.

Will kam aus seiner Werkstatt herein und zusammen gingen sie in die Küche zum Mittagessen. Inzwischen hatte sich Rick an Libbys stille Gebetsminute gewöhnt und er nahm Robins und Wills Hand.

Beim Essen fragte Rick: »Mr. Gregory, haben Sie eigentlich mal in die Zeitschriften über alternative Landwirtschaft hineingeschaut, die ich Ihnen mitgebracht hatte?«

»Ja, habe ich. Ich weiß, dass du ein großer Anhänger davon bist, aber mir scheint da manches recht weit hergeholt.«

»Nicht, wenn Sie bedenken, dass die Kosten der fossilen Brennstoffe, die zur Herstellung von Kunstdünger und Pestiziden verbraucht werden, in den letzten paar Jahren um über 400 Prozent gestiegen sind.«

»Ich bewundere einen Menschen, der sich so ganz einer Sache verschreibt, auch wenn ich nicht seiner Meinung bin«, sagte Will lächelnd. »Vielleicht steckt sogar ein Funke Wahrheit in deinen Ideen.«

»Es ist mehr dran als ein Funke Wahrheit, Mr. Gregory. Es ist sehr viel Wahres dran. Es ist ...« Rick merkte, wie Robin und Libby einander einen amüsierten Blick zuwarfen. »Was ist?«, fragte er. »Oh, ich bin schon wieder mittendrin. Bin einfach ein Fanatiker. Ich kann nichts dagegen tun.«

Robin stand auf. »Wollen wir nicht unseren Nachtisch mit ins Wohnzimmer nehmen und ihn am Kamin neben dem Weihnachtsbaum essen?«

»Eine gute Idee, Robin«, sagte Libby und stand ebenfalls auf. »Ich bringe gleich den Kaffee.«

»Ich habe dieses Jahr so viel von Libbys Weihnachtsgebäck gegessen, dass ich wohl eine Diät machen muss«, sagte Will, während er den letzten Bissen Apfelkuchen in den Mund schob. »Was liegt denn da unter dem Baum? Ich dachte, wir hätten schon alles ausgepackt. Ist Santa Claus noch mal hier gewesen?«

»Das sind ein paar Kleinigkeiten, die ich mitgebracht habe«, sagte Rick. Er trat zum Baum, hob die Päckchen auf und gab jedem eines. »Fröhliche Weihnachten.«

»Was für eine nette Überraschung«, sagte Libby. »Da dachte ich, wir hätten das Geschenkeauspacken für dieses Jahr hinter uns – und nun gibt es noch eine kleine Zugabe. Los, Will, du zuerst.«

Will wickelte sein kleines, flaches, in Goldpapier gehülltes Päckchen aus und fand darin einen Umschlag. Er zog eine gedruckte Bescheinigung heraus. »Ein Jahresabo für *Die Neue Farm*. Danke dir, Rick. Vielleicht bin ich ja noch kein zu alter Esel, um ein, zwei neue Kniffe zu lernen.«

Ricks Geschenk für Libby war ein Kasten für ihr Strickzeug. Darin gab es Fächer für Garn, Strick- und Häkelnadeln, Anleitungshefte und anderes Zubehör. »Das ist wirklich schön«, sagte sie. »Viel besser als die alte Plastiktüte, in der ich im Moment immer alles herumschleppe.« Sie erhob sich von ihrem Sessel und küsste Rick auf die Wange. »Jetzt warte mal eine Minute. In der Küche habe ich etwas für dich.« Sie kam mit zwei Steinkrügen zurück und gab sie Rick. »Die sollst du mit nach Hause nehmen. Das hier ist Maiswürze, und das sind gewürzte Holzäpfel. Ich habe sie selber eingemacht.«

»Vielen Dank. Am liebsten würde ich auch noch einen

Apfelkuchen von Ihnen mitnehmen. Ich habe noch nie so guten Apfelkuchen gegessen.«

»Du Glückspilz. Einen habe ich noch im Gefrierfach, für dich. Erinnere mich daran, wenn du aufbrichst.«

»Ja, gut.« Er wandte sich Robin zu. »Weiter. Jetzt mach deins auf.«

Es war ein schmales Päckchen, eingewickelt in Silberpapier, oben drauf ein Stechpalmenzweig und ein Büschel winziger roter Christbaumkugeln. »Es ist zu hübsch, um es auszupacken«, sagte Robin.

»Okay. Dann kannst du es ja als Briefbeschwerer oder Türstopper verwenden.«

Sie lachte und wickelte das Päckchen aus. Dann nahm sie den Deckel ab, und vor ihr lag auf einem Streifen Watte ein schmales silbernes Armband, das den Plastikbändern ähnlich sah, die man im Krankenhaus um das Handgelenk bekam. Auf der einen Seite war *Gregory, Robin* eingraviert. »Oh«, sagte sie. »Ist das schön.«

»Zeig mal«, sagte Libby. »Was ist es?«

Robin hielt es ihr hin. »So hat Rick meinen Namen erfahren. Durch einen Blick auf mein Klinikarmband. Wo hast du so etwas bloß aufgetrieben?«, fragte sie ihn.

»Ein Freund meiner Eltern ist Juwelier. Ich habe es nach meinem Entwurf von ihm anfertigen lassen.«

Robin legte es um ihr Handgelenk. »Auch ich hab was für dich. Libby hat mir ein bisschen geholfen, aber das meiste habe ich allein gemacht.« Hinter dem Christbaum zog sie ein großes, mit grünen Bändern zugebundenes Paket hervor und gab es Rick.

Darin fand er einen grünen Wollpullover, den Robin in den langen Wochen gestrickt hatte, in denen sie nicht aus dem Haus konnte. Er hielt ihn sich an den Körper. »Der passt ja sogar«, sagte er.

»Und die Farbe steht dir gut«, bemerkte Libby.

»Mein Englischlehrer sagt, Grün ist die Farbe der Hoffnung«, sagte Robin. »Sogar für das Päckchen habe ich grüne Bänder genommen.«

Rick zog seinen Pullover aus und schlüpfte in den neuen. Er stand auf und begutachtete sich im Spiegel über dem Kamin. »Ich sehe toll aus, wenn ich das mal von mir selber sagen darf.«

»Ausnahmsweise«, sagte Robin.

»So«, meinte Libby, »nachdem diese Bescherung nun auch vorbei ist, werde ich wohl mal das Geschirr vom Mittagessen abwaschen.«

»Und ich muss mich an die Rechnungsbücher machen und sie für den Jahresabschluss in Ordnung bringen«, sagte Will. »Ihr beide werdet uns bestimmt nicht vermissen.«

Nachdem Will und Libby aus dem Zimmer waren, setzten sich Rick und Robin auf das Sofa. Rick legte seinen Arm um ihre Schultern. Er sah an seinem neuen Pullover herunter. »Ich wusste gar nicht, dass du stricken kannst.«

»Ich auch nicht«, sagte sie stolz.

Den Rest des Nachmittags verbrachten sie damit, auf dem Fußboden vor dem Kamin Trivial Pursuit zu spielen, das Robin zu Weihnachten geschenkt bekommen hatte.

Zwischendurch ging Robin einmal in die Küche, um heiße Schokolade zu machen. Während sie darauf wartete, dass die Milch heiß wurde, sah sie aus dem Fenster, und plötzlich empfand sie ganz heftig, wie sehr sie diesen Ort liebte und wie gern sie hier noch viele Winter erleben würde. Die Lockungen der großen, weiten Welt waren in den Hintergrund getreten. Wie war sie nur auf die Idee gekommen, Bennett könne für sie zu fade und langweilig sein? Jetzt fühlte sie sich gerade hier gut aufgehoben.

Nach dem Abendessen zog sich Robin Mantel, Mütze und Fausthandschuhe an und begleitete Rick zu seinem Auto. Er verstaute seine Geschenke auf dem Rücksitz und schloss Robin die Beifahrertür auf. »Steig ein, damit ich dir richtig Lebwohl sagen kann.«

Er ließ den Motor an, drehte die Heizung hoch und sie taten, wonach sie sich den ganzen Tag gesehnt hatten: Sie fielen einander in die Arme.

Als Robin schließlich Anstalten machte, ins Haus zu gehen, sagte Rick: »Sobald ich den genauen Termin für meine Untersuchung weiß, sage ich dir Bescheid. Dann kannst du dich für die gleiche Zeit eintragen lassen.«

»Ich bin schon ganz ungeduldig.«

»Ich rufe dich an«, sagte er und fuhr den Weg zur Landstraße hinunter. Für Robin gab es keinen traurigeren Anblick als rote Rücklichter im Dunkeln, die sie allein zurückließen.

Der Plan klappte; beiden gelang es, ihre Untersuchungen auf die letzte Januarwoche zu legen. Libby war sogar einverstanden, Robin allein nach Jefferson und zurück fahren zu lassen. Da es ihr gut genug ging und sie diesmal nur wegen einer Untersuchung und nicht zur Behandlung in der Klinik sein würde, brauchte sie niemand anderen als Fahrer.

Robin ging sogar wieder zur Schule. Sie war ein Semester im Rückstand, hatte aber den festen Willen, hart zu arbeiten, um das Versäumte nachzuholen. Der Winter war streng, mit eisigen Temperaturen und viel Schnee, und je näher die letzte Januarwoche rückte, desto besorgter wurde Robin wegen des Wetters. Was, wenn ein Sturm tobte genau an dem Tag, an dem sie nach Jefferson musste? Libby würde sie nie in einem Schneesturm fahren lassen. Normalerweise würde Robin das auch gar nicht wollen. Aber um zu Rick zu kommen, würde sie durch jeden Sturm fahren, das wusste sie.

Es war klar und klirrend kalt an dem Morgen, an dem Robin in die Klinik fahren sollte, und als sie zum Frühstück herunterkam, teilte Libby gerade dem Papagei ihre Befürchtungen mit: »Ich werde ihr vorschlagen, Polly, dass sie diese Untersuchung verschiebt. Es ist schlichtweg zu kalt für sie zum Fahren. Wie leicht kann was an ihrem Auto sein, und dann? Wo steckt sie dann? Dann sitzt sie auf dem Highway fest und erfriert.«

»Fest und erfriert. Wasch dir die Hände«, sagte Polly.

»Ach, Robin, da bist du ja«, sagte Libby. »Schätzchen, es ist so kalt, willst du nicht lieber …«

»Ich habe gehört, was du zu Polly gesagt hast«, unterbrach Robin, »aber es wird mir schon nichts passieren.

Und sollte ich doch Ärger mit dem Auto haben, kann ich den Notdienst anrufen. Oder es kommt ein Highway-Streifenwagen vorbei oder jemand anders hält an und hilft mir.«

»Ein mordlustiger Irrer wahrscheinlich ...«

»Sei nicht so pessimistisch. Auf jeden Fall möchte ich diese Untersuchung endlich hinter mir haben. Ich will nicht, dass sie noch weiter über meinem Kopf schwebt. Außerdem habe ich mir für die Schultage, die ich versäumen werde, schon alle Hausaufgaben geben lassen, und ich habe zwei Arbeiten im Voraus geschrieben, und alles ist gepackt. Jetzt abzusagen wäre einfach zu umständlich.« Nichts konnte sie stoppen.

»Also mir gefällt das nicht«, sagte Libby und stellte Robins Frühstück auf den Tisch.

»... gefällt das nicht«, echote Polly.

»Ich weiß«, sagte Robin. »Es gefällt euch beiden nicht. Aber es wird gut gehen, das verspreche ich.«

Sie hörten, wie Will auf die hintere Veranda stapfte und sich den Schnee von den Stiefeln trat. Ein Schwall eisiger Luft kam mit ihm durch die Tür.

»Weg mit dem Gewehr!«, kreischte Polly.

»Oh, mach schnell die Tür zu«, rief Libby. »Polly soll keinen Zug bekommen. Will, vielleicht gelingt es dir, Robin zur Vernunft zu bringen. Ich möchte, dass sie die Untersuchung absagt und auf einen wärmeren Tag wartet, um nach Jefferson zu fahren.«

»Wenn ich mir das Wetter anschaue«, sagte Will, »glaube ich nicht, dass so bald eine bessere Gelegenheit kommt. Diese Stürme, die zur Zeit über uns hinwegfegen, entstehen einer nach dem andern wie aus dem Nichts. Ich würde sagen, fahr jetzt und sieh zu, dass du's hinter dich bringst.«

Libby drehte sich zum Herd um. »Schon gut, schon gut. Ich sehe, dass ich überstimmt bin. Aber es gefällt mir trotzdem nicht.«

Nachdem Robin mit dem Frühstück fertig war, küsste sie ihren Vater und ihre Großmutter und musste sich beherrschen, nicht zu ihrem Auto zu rennen. Libby, fest in ihre Strickjacke gewickelt, begleitete sie zur Garage und deckte sie auf dem ganzen Weg mit Ermahnungen ein.

»Fahr vorsichtig, die Straße kann glatt sein. Fahr nicht zu schnell. Ruf mich an, wenn du dort bist. Falls es schneit, wenn du dich auf den Rückweg machen willst, bleib in einem Hotel. Ich möchte nicht, dass du bei Schneetreiben fährst. Robin, hörst du mir auch zu?«

»Natürlich höre ich dir zu. Wiedersehen, Libby.« Sie fuhr rückwärts aus der Garage. Rick wartete auf sie und vor ihnen lagen zwei gemeinsame Tage.

Sie hatten sich vorgenommen, morgen nach den Untersuchungen in ein Motel zu gehen. Robin hatte Libby erklärt, dass sie wahrscheinlich zweimal in der Klinik würde übernachten müssen – in Wirklichkeit war es nur einmal.

Sobald sie sich im Krankenhaus angemeldet hatte, rief sie Libby an, und dann begann ihre Testserie. Bei der Anmeldung hatte sie erfahren, dass Rick schon eingetroffen war, aber sie sah ihn nirgends.

Robin war die einzige Patientin in einem Vierbettzimmer, das auf demselben Stockwerk wie Ricks Privatzimmer lag. Wegen der Spenden, mit denen Mr. Winn das Krankenhaus unterstützte, bekam Rick jedes Mal, wenn er dort war, dasselbe große Eckzimmer.

Von ihrer Lieblingskrankenschwester Virginia erfuhr Robin, dass viele Leute sich von dem schlechten Wetter abschrecken ließen, in die Klinik zu kommen, wenn es sich nicht gerade um einen Notfall handelte. Sie befürchteten Stromausfälle oder hatten Angst, hier ganz allein zu sein, falls ihre Familien die Fahrt durch den Schnee nicht schafften, um sie zu besuchen.

Am späten Nachmittag war Robin für diesen Tag fertig. Sie ging auf dem schnellsten Weg zu Ricks Zimmer. Rick saß auf dem straff bezogenen Bett und beschäftigte sich mit einem Solitärspiel. Er trug den grünen Pulli, den sie ihm gestrickt hatte. Als er sie sah, sprang er auf und nahm sie in den Arm. »Wo hast du gesteckt?«, fragte er. »Ich war zehnmal in deinem Zimmer, aber du warst nie dort.«

»Ich bin wegen Untersuchungen hier, hast du das vergessen?«

»Komm, wir wollen einen Spaziergang machen und essen gehen.«

»Dürfen wir das denn? Müssen wir nicht in der Klinik bleiben?«

»Wer sagt das? Wir sind keine Gefangenen.«

Rick nahm Robin an der Hand und sie gingen zum Schwesternzimmer. Virginia sah von der Tabelle auf, in die sie gerade etwas eintrug. »Na, was gibt's? Sieht ja ganz so aus, als kennt ihr euch.«

»Nein«, sagte Rick. »Ich bin nur einer von der schnellen Truppe.«

»Vor dem hüte dich lieber, Robin«, sagte Virginia. »Das ist der Junge, der sich geweigert hat, sein Marihuana gegen Übelkeit in Tablettenform zu nehmen.«

»Anders bekommt es mir nun mal besser«, sagte Rick. »Und das ist übrigens die Schwester, die dann dauernd in mein Zimmer kam, um ein paar kräftige Züge abzukriegen. Robin und ich würden gern außerhalb essen, wenn's erlaubt ist.«

»Da brauchen wir die Einwilligung eurer Ärzte, aber ich denke, das wird kein Problem sein.«

Robin und Rick warteten im Aufenthaltsraum, während Virginia die nötigen Telefonate führte. Sobald sie ihnen meldete, dass nichts gegen den Plan einzuwenden sei, suchten die beiden ihre Winterklamotten zusammen, mummelten sich ein und rannten aus dem Krankenhaus – übermütig wie Kinder, die die Schule schwänzten.

Die gefrorenen Straßen wirkten kahl und trostlos. Die Wintersonne würde gleich untergehen und gab nur noch wenig Licht. Aber nichts konnte die Stimmung von Robin und Rick trüben.

»Heute essen wir nicht einfach was Alltägliches«, sagte Rick. »Keine Pizza, keine Burger, keine Spagetti. Heute essen wir was Besonderes. Etwas ... Hoffnungsvolles.«

»Was ist denn hoffnungsvolles Essen?«, fragte Robin.

»Gute Frage. Vielleicht Grünzeug?«

Sie entschieden sich für chinesisches Essen, wegen der Glückskekse. Sie fanden ein schwach beleuchtetes, nahezu menschenleeres Restaurant mit viel Rot und Gold an den Wänden, reichten sich gegenseitig mit Stäbchen das Essen zu, und Rick versuchte, Chinesisch zu imitieren.

»Was meinst du?«, fragte er. »Vielleicht könnte ich nächstes Mal statt Litvark einen Chinesen spielen?«

»Gute Idee. Du siehst ja auch wirklich chinesisch aus.« Robin brach ihren Glückskeks auseinander und las: »›Suchen Sie unter der Oberfläche nach einer anderen Welt.‹ Was zum Teufel soll das heißen?«

»Und das hier?«, sagte Rick und gab ihr seinen Keks. Darin stand: »Hergestellt von der New China Baking Co.«

Kichernd gingen sie wieder hinaus auf die kalten, dunklen Straßen, Robin an Ricks Arm geklammert, und machten sich auf den Weg zur Klinik.

Sie befreiten sich von ihren Mänteln, setzten sich eng aneinander geschmiegt in den Aufenthaltsraum und sahen fern.

Um halb elf erschien Virginia an der Tür. »Könnte nicht schaden, wenn ihr jetzt zu Bett geht«, sagte sie. »Falls ihr zum Schlafen Tabletten braucht, könnt ihr von mir welche bekommen. Manchmal fällt es einem schwer, im Krankenhaus zu schlafen.«

Sie schlugen die Schlaftabletten aus, dann schalteten sie den Fernseher ab und gingen zusammen bis zur Tür von Robins leerem Zimmer. Rick küsste sie. »Gute Nacht. Bis morgen.«

Robin setzte sich auf ihr Bett und versuchte, die Bänder am Nackenausschnitt des baumwollenen Krankenhausnachthemds zu binden – ihr neues Spitzennachthemd, das sie sich eines Tages nach der Schule in Bennett gekauft hatte, lag in Seidenpapier gehüllt in ihrer Tasche und wartete auf morgen.

Nachdem sie ihre Zähne geputzt, in einer Zeitschrift gelesen und Löcher in der Zimmerdecke aus Holzziegeln gezählt hatte, war sie immer noch nicht schläfrig. Virginia hatte Recht: Manchmal fällt es einem schwer, im Krankenhaus zu schlafen.

Sie stand auf, schlüpfte in ihre Pantoffeln und – als eine Art Bademantel – in ein zweites Krankenhausnachthemd mit der Öffnung nach vorn, huschte aus ihrem Zimmer und schlich an dem verlassenen Schwesternzimmer vorbei. Langsam schob sie die Tür zu Ricks Zimmer auf.

Er lag wach im Dunkeln, die Hände hinter dem Kopf. »Hi«, flüsterte er und stützte sich auf den Ellbogen. »Ich dachte, du wärst längst zu Bett gegangen.«

»Ich kann nicht schlafen.«

»Ich auch nicht.«

Sie setzte sich auf die Bettkante. »Woran hast du gedacht?«

»An dich. Und an die Tests. Ich habe immer Angst vor den Untersuchungen. Egal, wie gesund ich mich fühle. Ich habe immer Angst, sie finden etwas.«

»Ich weiß. All diese Werte spuken einem im Kopf herum: Hämoglobin, Blutplättchen, Granulocyten. Manche zu hoch und manche zu niedrig.«

»Du musst frieren«, sagte er. »Komm rein.« Er schlug die Decke zur Seite und bettete ihren Kopf an seine Schulter. »Ich fange dann jedes Mal an, zu sämtlichen unbekannten Heiligen zu beten.«

»Zu unbekannten Heiligen?«

»Hast du eine Ahnung, wie viele Heilige es gibt? Und wie wenige davon bekannt sind? Jeder kennt den heiligen Christophorus, den heiligen Franz und den heiligen Joseph. Aber hast du je vom heiligen Hyacinth oder von der heiligen Philomena gehört? Ich denke mir, die hören einem noch am ehesten zu, weil sie weniger zu tun haben.«

»Da wäre ich nie drauf gekommen«, sagte Robin. »Ich wäre auf so vieles nicht gekommen, wenn du mich nicht darauf gestoßen hättest. Wie hast du bloß die zwei Jahre, seit du krank bist, allein durchgehalten?«

»Ich weiß es nicht. Man tut, was man tun muss, denke ich. Aber zusammen mit dir ist es viel leichter.« Er rollte sich auf die Seite und küsste sie.

Alles Planen, alle Vorausberechnung, die Reservierung im Motel, das neue Nachthemd, das Parfüm von Weihnachten – alles erwies sich als nichtig gegen die Liebe, gegen das Verlangen, gegen die Macht des Augenblicks.

Gegen Morgen verließ Robin den schlafenden Rick und schlich wieder in ihr Zimmer. Sie sahen sich nicht mehr bis kurz vor vier Uhr nachmittags, als beide mit den Untersuchungen fertig waren, mit den Ärzten gesprochen hatten und dem Krankenhaus den Rücken kehren konnten.

Den Koffer in der Hand kam Rick in Robins Zimmer und lehnte sich an den Türrahmen. »Hi.«

Robin war gerade dabei, ihre Tasche zuzumachen, und wandte sich nach ihm um. »Hi.«

»Du siehst super aus.«

»Du auch.«

»Bist du fertig?«

Als sie im Motel ankamen, hatte es leicht zu schneien begonnen. Rick erledigte die Eintragung an der Rezeption, dann führte er Robin zu ihrem gemeinsamen Zimmer. Er drehte den Schlüssel im Schloss und schwenkte die Tür weit vor ihr auf.

»Oh!«, sagte Robin. »Ist das luxuriös. Es muss ja ein Vermögen gekostet haben.«

»Wozu ist Geld da? Für nichts würde ich es lieber ausgeben.« Er schloss die Tür, sie flogen einander entgegen und schlangen die Arme so fest umeinander, dass es fast schmerzte.

Nach einer Weile löste sich Robin von ihm. »Ich muss Libby anrufen. Sie glaubt, dass ich im Krankenhaus übernachte, und ich möchte nicht, dass sie mich dort anruft und erfährt, dass ich schon weg bin.«

»Was sie wohl sagen würde, wenn sie wüsste, wo du steckst?« Rick zog Robin die Wollmütze vom Kopf und warf sie auf das Bett.

»Ich weiß nicht. Sie mag dich und sie hat Verständnis für Verliebte. Und sie weiß von meiner Angst, nicht mehr genügend Zeit zu haben für alles. Ich hoffe einfach, sie hätte Verständnis.«

Robin setzte sich auf das Bett und wählte die Nummer von zu Hause. »Hi, Libby, ich bin's ... Gut, und wie geht es dir und Daddy? ... Sieht alles ganz ordentlich aus bis jetzt, aber es sind noch nicht alle Ergebnisse da ... Oh, es fängt gerade leicht zu schneien an ... Ihr werdet wahrscheinlich bald was davon abbekommen ... Ich verspreche dir, dass ich nicht versuche heimzufahren, wenn es schneit. Ich werde in einem Motel bleiben, bis es aufhört.« Sie zwinkerte Rick zu. »Okay ... bis morgen hoffentlich. Tschüs.«

»Möchtest du erst essen gehen? Oder erst was anderes?«, fragte Rick, nachdem sie aufgelegt hatte.

»Erst was anderes ...«

Als sie schließlich Hunger hatten und zum Essen gehen wollten, schneite es viel dichter, deshalb liefen sie nur über die Straße zum Steakhaus. Im Kamin des Speisesaals prasselte ein Feuer, auf den Tischen schimmerte Kerzenlicht, und Robin erklärte, dass es ein guter Ort für ein Festessen sei. Nach dem Essen rannten sie durch den Schnee zum Motel zurück und verkrochen sich in ihrem warmen heimlichen Nest.

Aneinander gekuschelt lagen sie im Bett, die Decken um ihre Körper festgesteckt, und lauschten in dem gedämpften Licht der Nachttischlampe, wie draußen der Wind heulte.

»Libby sagt immer, ich hätte den Hühnern nicht die passenden Namen gegeben. Sie meint, der Hahn müsste Happy heißen, weil er der Einzige ist und die Hühner zu sechst.«

Sie spürte Ricks Lächeln an ihrer Wange. »Du als Einzige und ich als Einziger, mir reicht das zum Glücklichsein.«

Robin seufzte zufrieden. »Ich habe schon lange keinen Spruch der Woche mehr gehört«, sagte sie. »Weißt du keine mehr?«

»Doch. Ich habe sogar einen ganz perfekten. ›Im tiefsten Winter habe ich schließlich erfahren, dass in mir ein unauslöschlicher Sommer ist.‹ Albert Camus hat das gesagt. Ich hoffe, es trifft auf mich zu.«

»Wie meinst du das?«

»Die Untersuchungsergebnisse«, sagte er ausdruckslos. »Sie waren noch nie so schlecht. Ich muss wieder mit Chemo anfangen.«

Robin legte ihre plötzlich kalt gewordenen Hände um sein Gesicht. »Warum hast du mir das nicht eher gesagt?«, flüsterte sie.

»Ich konnte nicht.« Seine Stimme brach. »O Gott, und warum ausgerechnet jetzt?«

Er weinte in ihre Hände und sie spürte, wie ihr kurzes, helles Glück mit seinen Tränen durch ihre Finger rann.

An die Heimfahrt konnte Robin sich kaum erinnern. Als sie aus der Garage in die Küche kam, fragte Libby nach einem Blick in Robins Gesicht: »Was ist los? Du hast doch gesagt, die Ergebnisse sind ganz in Ordnung. Gibt es etwas, was du uns verschwiegen hast?«

Robin fing an zu weinen, zum ersten Mal, seit Rick es ihr gesagt hatte, und die Explosion ihrer Schluchzer jagte ihr wie auch Libby Angst ein. Libby dirigierte sie zum Sofa im Wohnzimmer und hielt sie im Arm, bis Robin sich so weit beruhigt hatte, dass sie sprechen konnte.

»Rick hat einen Rückfall. Er muss wieder mit Chemotherapie anfangen. Was mache ich, wenn ihm etwas passiert?« Wieder stürzten ihr die Tränen aus den Augen. »Warum? Warum kann er nicht gesund sein, und ich auch, und warum können wir nicht einfach nur leben und glücklich sein? Warum ist alles so hart und grausam?« Stoßweise drängten die Worte aus ihr heraus, von tiefen Schluchzern unterbrochen. »Warum muss es sich immer wieder verschlechtern?«

Sie setzte sich auf, das Gesicht rot und verzerrt, ihre Augen voller Tränen. »Ich glaube nicht, dass es einen Grund gibt für alles«, rief sie. »Ich glaube nicht, dass Gott den Sturm zügelt vor dem geschorenen Lamm. Ich glaube nicht, dass Gott uns überhaupt bemerkt!« Sie sprang auf, stürmte die Treppe hinauf und weinte dabei so verzweifelt, dass sie gegen das Geländer taumelte.

Libby saß reglos auf dem Sofa, auch ihr liefen Tränen über die Wangen.

Als Will zum Mittagessen kam, erzählte ihm Libby von Ricks Rückfall. Er schloss einen Moment die Augen; dann setzten sie sich an den Tisch und aßen schweigend, ohne Robin.

»Ich muss in die Stadt«, sagte Will, nachdem er lange genug sein Essen auf dem Teller hin und her geschoben hatte. »Kann ich dir was mitbringen?«

»Nichts, was man in einem Laden kaufen könnte«, sagte Libby. »Kannst du es nicht verschieben? Das Wetter gefällt mir gar nicht.«

»Wie ich schon zu Robin gesagt habe: Besser man fährt, solange es noch geht.« Er zog den Mantel an. »Wenn es schlimmer wird, bleibe ich in der Stadt und warte ab.«

Nachdem er gefahren war, zogen sich die Wolken tiefer und dunkler zusammen, der Wind nahm an Stärke zu und pfiff um die Ecken des Hauses. Libby schaltete unten im Haus alle Lichter an; an einem Tag wie diesem wollte sie sich keine Gedanken um die Stromrechnung machen. Immer wieder sah sie nach der Uhr und rechnete sich aus, wann Will in der Stadt sein müsste und ab wann sie sich keine Sorgen mehr zu machen brauchte.

Robin kam herunter, gerade als es wieder zu schneien anfing. Was jetzt begann, war kein gewöhnlicher Schneeschauer, sondern die Flocken fielen so dicht vom Himmel, dass die Nebengebäude fast augenblicklich hinter einer weißen Wand verschwanden.

»Möchtest du einen Kakao?«, fragte Libby.

»Gern«, sagte Robin, setzte sich und verschränkte die Hände. Libby stellte zwei Tassen Kakao auf den Tisch und setzte sich zu ihr.

Die Stille senkte sich um sie herum, und der Kakao wurde in den Tassen kalt. Draußen trieben die Schneeschwaden gegen das Haus. Als das Telefon klingelte, sprangen beide auf, dann ging Libby hin.

»Es war dein Vater«, sagte sie, als sie aus dem Wohnzimmer kam. »Er bleibt heute Nacht bei Raymond in der Stadt. Bei diesem Wetter kann er nicht zurückfahren.« Unruhig ging sie in der Küche umher, leerte die Spülmaschine, faltete die Geschirrtücher, fuhr mit einem Lappen über den längst blank geputzten Tisch. Schließlich schälte sie zwei Kartoffeln und stellte sie in die Röhre.

»Vielleicht sollten wir früh zu Abend essen«, sagte sie. »Dann können wir ins Bett kriechen, die Heizdecken anschalten und fernsehen. Klingt das nicht verlockend?«

Robin starrte Libby an, als wolle sie ihr die Worte von den Lippen ablesen. Dann stand sie auf, zog Mantel, Schal und Fäustlinge an und ging zur Hintertür hinaus.

Mühsam stemmte sie sich gegen den Sturm und die wild peitschenden, eisigen Schneeflocken und bahnte sich einen Weg über den Hof. Sie rang mit der Stalltür, zwängte sich hindurch und ließ sie hinter sich zuschlagen. Keuchend lehnte sie sich dagegen und ließ sich von der friedlichen Wärme des Stalls einhüllen. Die Hühner stolzierten umher, leise vor sich hin gackernd, und Elsie in ihrer Box trat bedächtig von einem Bein auf das andere.

Robin hängte Schal und Fäustlinge an einen Nagel, bevor sie den Hühnern Wasser und Mischfutter in ihre Schalen schöpfte und für Elsie Wasser und Futter nachfüllte. Dann zog sie den Mantel aus und melkte Elsie. Als sie die Milch in eine Edelstahlkanne geschüttet und luftdicht verschlossen hatte, lehnte sie sich an einen Pfosten und sah ihren Tieren beim Fressen zu. Bestimmt wunderte sich Libby, wo sie so lange blieb, aber sie brachte es noch nicht fertig, sich wieder vor der Tür gegen den Blizzard zu stemmen; sie war müde vom Kämpfen.

In ihrer Verzweiflung versetzte sie dem Melkeimer einen Stoß, dass er gegen die Stallwand polterte, und schrie: »Es ist nicht gerecht!«

Die Hühner hoben die Köpfe und glotzten sie aus ihren kleinen Augen verärgert an. Elsie forschte mit einem Blick über die Schulter nach der Ursache des Tumults.

Wieder trat Robin gegen den Eimer und diesmal flatterten die Hühner auf und brachten sich hinter Maschinenteilen und Futtersäcken in Sicherheit.

»Es ist nicht gerecht, es ist nicht gerecht, es ist nicht gerecht!«, schrie sie. »Ich will nicht sterben! Ich will nicht, dass Rick stirbt! Ich hasse das alles!« Sie raste durch den Stall, fegte zur Seite, was ihr im Weg stand, und trat wieder mit Wucht gegen den Eimer. Die Hühner kreischten in ihren Verstecken und Elsie stampfte mit den Beinen. »Mach dem ein Ende! Mach ein Ende! Ich kann nicht mehr!«

Sie geriet ins Wanken, als sie über den Eimer stolperte, und fand Halt an Elsies Flanke. Die Wange in das glatte, warme Kuhfell gedrückt, brach Robin in einen Schwall von Tränen aus. Elsie hielt still, als könnte sie alles verstehen.

Als das Schluchzen nachließ, blieb Robin an Elsie geschmiegt stehen, und allmählich beruhigte sie sich in der nach Heu duftenden Stille. Langsam hob sie den Kopf, dann fuhr sie sich mit dem Ärmel über die Augen und griff nach Mantel, Schal und Fäustlingen. Für eine kleine Weile blieb sie an der Tür stehen und gab sich dem Gefühl von Zeitlosigkeit hin, das im Stall herrschte; dann stemmte sie die Tür auf und trat wieder hinaus in den Sturm.

Sie kam in die Küche, eine dichte Wolke aus Schneeflocken wirbelte um sie her.

»Alles in Ordnung draußen?«, fragte Libby und half ihr aus den feuchten Sachen.

»Alles in Ordnung«, sagte Robin.

Als das Geschirr vom Abendessen gespült und weggeräumt war, sagte Libby: »Ich weiß nicht, wie es dir geht, aber ich kann keinen Schnee mehr sehen. Willst du mit in mein Bett kommen und fernsehen?«

»Vielleicht in einer Weile«, sagte Robin, die am Tisch saß und mit dem Finger einem Muster auf der Tischdecke nachfuhr.

»Komm, Schätzchen. Alles sieht gleich weniger trüb aus, wenn man einen Menschen um sich hat.«

»Okay.« Robin stand auf. Ihr verschlossenes Gesicht schnitt Libby ins Herz.

In Flanellnachthemden und Wollsocken richteten sie sich behaglich in Libbys großem Bett mit dem geschnitzten Holzrahmen ein, türmten Kissen um sich auf und schafften Platz für Bücher und Strickzeug. Im Fernsehen lief etwas, das sie beide nicht interessierte, und oft wurde der Ton vom Heulen des Windes überdeckt.

»Würde mich nicht wundern, wenn das Bild ausfällt«, sagte Libby. »So wie dieser Sturm tobt, ist es ein wahres Glück, wenn überhaupt etwas stehen bleibt.« In diesem

Augenblick gingen alle Lichter aus und der Bildschirm wurde dunkel. Libby zuckte zusammen, als sich Robins Finger in ihren Arm bohrten. Sie lockerte Robins Griff und hielt ihre Hand in der ihren, während sie im Dunkeln lagen und hofften, dass das Licht wieder anging. Schließlich sagte Libby: »Wenn die Leitungen unterbrochen sind, kann man sie unmöglich reparieren, bevor es zu schneien aufhört. Ich glaube, ich werde aufstehen müssen und im Kamin ein Feuer machen. Gut, dass dieses Haus schon so alt ist, dass es in jedem Zimmer einen Kamin gibt.« Sie kramte in ihrer Nachttischschublade nach einer Taschenlampe, dann schwang sie die Beine über den Bettrand und tastete nach ihren Pantoffeln.

»Ich komme mit«, sagte Robin.

»Es geht schon, Schätzchen.«

»Ich will nicht allein hier im Dunkeln bleiben.«

»Gut. Du kannst mir helfen, Holz raufzubringen.«

Robin hielt sich am Ärmel ihrer Großmutter fest, so tappten sie die Treppe hinunter. Auf der vereisten Veranda rafften sie jede einen Arm voll Holz zusammen und schleppten es nach oben, bibbernd vor Kälte. Sie bauten ein Feuer im Kamin von Libbys Schlafzimmer und Robin bemühte sich fieberhaft, es ordentlich in Gang zu bringen, während Libby weitere Decken aus dem Wäscheschrank holte und sie über das Bett breitete.

»Kaum zu glauben, wie schnell das Haus auskühlt, wenn die Heizung nicht funktioniert«, sagte Robin. »Wie haben die Menschen hier im Winter ohne Heizung gelebt?«

»Das war noch ein abgehärteter Menschenschlag«, sagte Libby. »Die zogen sich einfach wärmer an und machten Feuer. Bequem war das bestimmt nicht. Komm, lass uns ins Bett kriechen. Ich wette, viele Kinder aus großen Familien wurden im Winter gezeugt, wenn die Leute sich einfach nur wärmen wollten.«

Sie sahen zu, wie der Feuerschein über die Wände hüpfte. Das einschläfernde Knacken der Holzscheite im Kamin hob sich ab von dem Wimmern des Windes draußen.

»Hier drin fühlt man sich sicher«, flüsterte Robin.

»So sicher, wie ich es mir von keinem anderen Ort vorstellen kann«, sagte Libby.

Nach langem Schweigen fragte Robin: »Hast du schon mal jemanden sterben sehen?«

Eine Pause entstand, und Libby, die Robins Not spürte, flehte um Hilfe für die richtigen Worte.

»Ja, zwei Menschen habe ich hinübergehen sehen …«

»Wen?«

»Meine Mutter war die Erste. Es war, als ob sie einfach einschliefe. Ihr Atem wurde immer schwerer, sie machte lange Pausen nach jedem Atemzug, als hätte sie gerade etwas Wichtiges zu tun und würde immer wieder das Luftholen vergessen. Und dann vergaß sie es tatsächlich. Sie atmete einfach nicht mehr. Es sah ganz sanft und leicht aus.«

»Und wer war der andere?«

»Oh, bei dem war es schwer. Für mich, nicht für ihn. Mein Herb. Ich hatte gerade das Abendessen auf den Tisch gestellt und ihn gerufen. Er rappelte sich aus seinem

Sessel hoch und legte die Zeitung auf den Boden, wo ich sie immer wieder aufheben musste. Bestimmt tausendmal habe ich ihm gesagt, dass er die Zeitung nicht immer auf den Boden legen soll. Er ging zum Tisch und plötzlich fiel er hin. Ich dachte, er sei über was gestolpert, und fast hätte ich gelacht, aber dann sah ich, wie still er war. Da lief ich hin zu ihm und er war tot. Einfach so. Den einen Augenblick war er noch da und dann war er weg. Ich hätte dir nicht sagen können, wie sich sein letzter Atemzug von seinen übrigen unterschieden hat. Die Zeitung habe ich wochenlang nicht aufgehoben.«

»Hoffentlich sterbe ich auch mal so.«

»Das hoffe ich auch, Liebling. Für mich auch.«

In die Stille hinein sagte Robin: »Von Mama konnte ich mich gar nicht verabschieden. Jedenfalls nicht so, dass sie es gehört hätte.«

Libby seufzte. »Abschiednehmen ist wichtig, aber wie du mit jemandem zusammenlebst, ist am wichtigsten. Daran erinnerst du dich später. Und vielleicht hat sie dich ja doch gehört. Wir können es nicht wissen.«

»Wo, meinst du, ist sie jetzt?«

Libby rutschte hin und her. »Ich hoffe, dass sie irgendwo ist, wo sie jung und hübsch ist – so, wie ich sie in Gedanken immer vor mir sehe –, und dass sie mit ihrem Dad und ihren Brüdern und anderen netten Leuten zusammen ist und dass sie es alle gut haben und mir einen Platz warm halten. Das hoffe ich und das glaube ich. Aber vor Gericht beweisen könnte ich es nicht. Es klingt einfach plausibel, finde ich.«

»Finde ich auch«, flüsterte Robin. »Alleinsein ist das Schlimmste.«

»Ich werde dich nie allein lassen«, sagte Libby und drückte sie fest an sich.

Es stürmte auch an dem Tag, als Rick wieder mit der Chemotherapie anfing, und Libby hielt Robins Autoschlüssel versteckt, damit sie nicht nach Jefferson fahren konnte.

»Ich weiß, wie gern du dort wärst, mein Liebling. Aber stell dir vor, wie mir zu Mute wäre, wenn ich dich in diesem schauderhaften Wetter da draußen wüsste, so durcheinander wie du bist, und dir passiert was! Das würde ich mir nie verzeihen. Und Rick würde mir auch nicht verzeihen. Und überhaupt wird er im Augenblick mit Besuch gar nicht viel im Sinn haben. Warte doch ab, bis er sich darüber freuen kann.«

Robin hatte ihn am Abend, bevor er ins Krankenhaus musste, angerufen.

»Mir graut, wenn ich daran denke, wie ich mich morgen um diese Zeit fühlen werde«, sagte er.

»Es lohnt sich, wenn es dich gesund macht«, tröstete sie ihn.

»Wenn«, sagte er. Zum ersten Mal hörte Robin ihn zweifeln.

Es dauerte mehrere Tage, bis sich das Wetter so weit besserte, dass Robin nach Jefferson fahren konnte, aber dann hielt sie nichts mehr.

Bevor sie Ricks Krankenhauszimmer betrat, packte sie die Angst. Wie würde er aussehen? Sie dachte an das letzte Mal, als sie ihn in diesem Bett gesehen hatte – an sein leicht gerötetes Gesicht und seinen zufriedenen Ausdruck im Schlaf, als sie ihn an jenem Morgen verlassen hatte, um wieder in ihr eigenes Zimmer zu schleichen.

Sie schob die Tür auf. Er lag gegen das Kissen gelehnt, die Augen geschlossen, einen Infusionsschlauch im Arm.

Nachdem sie ihm eine Weile beim Schlafen zugesehen hatte, konnte sie sich nicht länger zurückhalten: Sie nahm seine Hand in die ihre.

Mit einem Ruck erwachte er und sah sie an. »83 Prozent des Wassers in diesem Land werden für landwirtschaftliche Zwecke verbraucht«, sagte er.

»Was?«

»Robin? Du?«

»Ich bin's. Wie geht es dir?«

»Was meinst du wohl? Ich habe ein Gefühl, als hätten sie mir Strom durch die Adern gejagt und den Magen umgedreht.«

»Du hast immer noch Haare.«

»Wir werden ja sehen, wie lange noch.«

Robin hielt seine Hand an ihre Wange und sie schwiegen. Nach einer Weile sagte Rick: »Es tut dir doch nicht Leid?«

»Was?«

»Das von letzter Woche. Genau hier.«

»Oh, Rick, was für eine Frage. Natürlich nicht. Nie.«

»Dann bin ich froh. Und ich bin froh, dass wir nicht gewartet haben.« Er machte eine Pause. »Hast du meine Mutter draußen gesehen?«

»Ich habe niemanden gesehen. Ist sie hier?«

»Sie schusselt die meiste Zeit hier rum und weint und jammert. Kann einen mächtig aufmuntern.«

»Was kann ich tun, um dich aufzumuntern?«

»Genau das, was du tust.«

Die Tür ging auf, und durch den Spalt linste eine kleine, dünne Frau mit rot geränderten Augen, die ein Papiertaschentuch in der Hand zusammenknüllte. »Oh, Richard, ich wusste nicht, dass du Besuch hast.«

Robin stand auf. »Ich bin Robin Gregory, Mrs. Winn.«

Ricks Mutter lächelte zittrig. »Oh, Robin, natürlich. Das kleine Mädchen aus Bennett, das Rick letzten Sommer so oft besucht hat. Nun, er macht Fortschritte.« Die Augen drohten ihr vor Tränen überzulaufen.

»Scheint so«, sagte Robin. »Er sieht gut aus.«

»Findest du?«, fragte Mrs. Winn und blieb neben Ricks Bett stehen. Sie streckte die Hand aus, dann zog sie sie wieder zurück, ohne ihn berührt zu haben.

»Robin und ich treffen uns immer noch«, sagte Rick.

»Oh?« Sie wandte sich an Robin und sagte entschuldigend: »Seit er zum College geht, weiß ich nicht viel von seinen Unternehmungen. Bist du den ganzen Weg von Bennett hergekommen, um ihn zu besuchen?«

Robin nickte. »So schlimm ist die Fahrt nicht. Und Rick hat sich von dem weiten Weg ja auch nicht abschrecken lassen, mich zu besuchen, als ich krank war.«

»Du warst krank?«, fragte Mrs. Winn.

»Äh, ja«, sagte Robin und sah Rick kurz an. Aus seiner Miene las sie, dass er seiner Mutter nichts erzählt hatte.

»Ich hoffe, es war nichts Ernstes«, sagte Mrs. Winn im Plauderton.

»Na ja, also …«, fing Robin an, »ich …«

»Sie hat das Gleiche wie ich«, sagte Rick.

»Leukämie?«

Robin nickte.

Mrs. Winn presste das Knäuel aus blauen Papiertaschentüchern gegen ihre Augen, sagte: »Ihr müsst mich entschuldigen«, und floh zur Tür.

»Ach, du liebe Zeit«, sagte Robin, als Mrs. Winn fort war.

»Ich hätte es ihr wahrscheinlich sagen sollen«, meinte Rick, »aber es ist so schwer, wenn sie sich so benimmt.«

Die Tür ging auf und ein Pfleger brachte ein Tablett mit Ricks Essen. »Zeit für deine Tagesration«, sagte er, knallte das Tablett auf den Nachttisch und verschwand.

»Magst du es vielleicht?«, fragte Rick. »Keine Ahnung, warum sie es immer wieder bringen – ich kann nicht essen. Ich fixe mir die Mahlzeit.« Er deutete nach dem Tropf, dann rappelte er sich hoch, bis er aufrecht saß. »Und nicht mal das will drinbleiben.« Er griff nach der metallenen Schale auf dem Nachttisch, würgte und spuckte dünnes Zeug. Als er fertig war, sich zurückgelegt und mit einem Handtuch über den Mund gewischt hatte, brachte Robin die Schale ins Bad und spülte sie aus.

»Tut mir Leid«, sagte er unglücklich.

»Was?«, fragte sie und strich ihm über das Haar.

»Ich liebe dich.«

»Versuch zu schlafen. Soll ich gehen, damit deine Mutter bei dir sitzen kann?«

»Nein. Ich will sie nicht hier haben. Ich kriege Alpträume, wenn ich weiß, dass sie hier sitzt und vor sich hin tropft. Ich kann besser schlafen, wenn ich dich hier weiß, so schön und gesund.« Die Lider fielen ihm zu. »Das hält mir das Böse vom Leib.« Und er schloss die Augen.

Als sie ihn so schlafen sah, wunderte sie sich, wie sie sich hatte damals so schämen können – letzten Herbst, als sie sich in seiner Gegenwart übergeben musste – und dass sie ihn gebeten hatte wegzubleiben, bis es ihr besser ginge. Wieso hatte sie die Zärtlichkeit nicht verstehen können, mit der er sie danach im Arm gehalten hatte, und seine Beteuerung, es mache ihm nichts aus? Jetzt machte es ihr ja auch nichts aus, was er in ihrer Ggenwart anstellte, solange er nur atmete.

»Jedes Jahr gehen 6,4 Milliarden Tonnen Boden durch Erosion verloren«, murmelte er im Schlaf.

»Solches Zeug redet er andauernd«, sagte Mrs. Winn. Robin hatte sie nicht hereinkommen hören. »Ich weiß nicht, was er meint.«

»Ich glaube, er sagt einfach, was ihm gerade so durch den Kopf geht.«

»Oh.« Sie setzte sich auf die andere Seite von Ricks Bett und nahm ein frisches Papiertaschentuch aus ihrer Handtasche.

»Möchten Sie gern mit ihm allein sein?«, fragte Robin.

»Oh, nein«, sagte sie. »Bitte bleib. Es tut mir Leid, dass

ich vorhin weggelaufen bin. Ich wusste nicht, was ich sagen sollte.« Wieder kamen ihr die Tränen.

»Schon gut. Ich denke auch nicht gern daran.«

Schweigend saßen sie zu beiden Seiten von Ricks Bett. »Ein Zentner Düngemittel«, sagte er plötzlich.

»Was?«, fragte seine Mutter.

Rick öffnete die Augen und sah erst sie, dann Robin an.

»Du hast wieder vor dich hin gebrabbelt«, sagte Robin.

»Oh.« Er schloss die Augen, dann machte er sie wieder auf. »Wie lange kannst du bleiben?«

»Ich muss bald los. Ich soll zu Hause sein, ehe es dunkel wird.«

»Dieses Semester kann ich nicht aufs College. Besuchst du mich mal in Moreland?«

»Wann?«

»Ich sag dir Bescheid.« Eine Weile noch hielten sie sich bei der Hand, dann stand Robin auf. Sie beugte sich vor und küsste ihn zum Abschied – gewiss kein Kuss, wie man ihn einem Kranken vor den Augen seiner Mutter gibt, aber das war ihr egal.

Auf der Heimfahrt musste sie zweimal am Straßenrand anhalten und warten, bis ihr Weinen so weit nachließ, dass sie die Fahrspur wieder erkennen konnte.

Rick wollte nicht, dass sie ihn in der Klinik besuchte, wenn er zur Behandlung dort war; es ging ihm dann einfach zu elend. Also fuhr sie, so oft wie möglich, nach Moreland und versuchte jedes Mal, die tiefste innere Ruhe mitzubringen, deren sie fähig war.

Mrs. Winn schien immer neu überrascht, wenn Robin kam.

Robin unterhielt Rick mit Schachspielen, Rommé und Vorlesen – Bücher, mit denen sie der Realität den Rücken kehrten: Tolkien und *The Chronicles of Narnia; Cat's Cradle*, das ihn zum Lachen brachte, und Krimis von Robert B. Parker.

Oft saßen sie nur im Wintergarten, den Mrs. Winn auf der Südseite des großen Hauses eingerichtet hatte, hielten sich bei den Händen und sahen durch die hohen, geschwungenen Fenster hinaus auf den Schnee.

Mrs. Winn lauerte nervös im Hintergrund, ständig bereit, Saft, einen Imbiss oder Kissen heranzuschaffen, egal, ob sie darum gebeten wurde oder nicht.

Tad Winn begegnete Robin zweimal. Er war ein lebhafter, gut aussehender Mann, der eher einem Geschäftsmann glich als einem Farmer. Er trug Gabardineanzüge im Westernstil und Cowboystiefel, und er hatte eine Aktentasche in der Hand, die er abstellte, um Robin zu begrüßen und ihr zu versichern, wie sehr es ihn freue, dass sie Rick besuchen kam, und wie außergewöhnlich sie sein müsse, dass sie die weite Fahrt nicht scheue.

Nach ihrer ersten Begegnung ging Robin in den Wintergarten und sagte zu Rick: »Dein Vater ist gar nicht so, wie ich ihn mir vorgestellt hatte.«

»Lass dich nicht täuschen von seinem glatten Charme. Der sickert ihm aus jeder Pore wie Öl. Er hat eine ganz andere Seite.«

»Ich glaube dir. Keiner kann einen Betrieb wie diesen

zusammenhalten« – sie machte eine weit ausholende Bewegung mit dem Arm über die Wiesen und Felder jenseits der geschwungenen Fenster – »ohne hart zu sein.«

»Es ist so prachtvolles Land«, sagte Rick. »Du weißt, wie sehr ich auf die Gelegenheit gehofft hatte, es einmal nach meinen eigenen Vorstellungen zu bewirtschaften.«

»Auf mich wirkt er noch ganz schön aktiv. Du wirst eine Weile warten müssen, bevor er sich zur Ruhe setzt.«

»Darüber denke ich nicht mehr nach.«

Sie nahm seine Hand. »Du hast nie zugelassen, dass ich so redete, als ich krank war. Immer hast du mir versprochen, es wird besser werden. Und es ist besser geworden. Auch bei dir wird es besser werden.«

»Manchmal sieht man Dinge voraus«, sagte er, »Dinge, die sich verändert haben. Als ich ungefähr zehn war, schenkte mir mein Vater einen kleinen Safe mit einem Kombinationsschloss. Aber er sagte mir die Zahlenkombination nicht. Wenn ich die rauskriege, sagte er, kann ich, was im Safe ist, behalten. Eine seiner kleinen Lektionen zur Charakterbildung. Ich machte mich also darüber her. Wollte es ihm zeigen. Hundert Stunden habe ich bestimmt damit zugebracht, an dem Schloss zu fummeln. Hast du eine Ahnung, wie viel mögliche Kombinationen es für ein solches Schloss gibt? Millionen. Wahrscheinlich habe ich die meisten davon probiert. Es wurde mir zur zweiten Natur, sobald ich mich mit irgendwas hinsetzte – mit den Hausaufgaben oder vor der Glotze –, mit einer Hand an dem Schloss herumzuspielen. Eines Nachmittags schaute ich gerade etwas im Fernsehen an und drehte an dem Zahlenschloss, da spürte ich plötzlich, wie die Sperre einrastete: eine winzige, kaum wahrnehmbare Bewegung, aber meine Finger waren durch die vielen Stunden der Beschäftigung mit diesem Schloss so trainiert, dass sie es spürten. Natürlich wusste ich die Kombination nicht; ich hatte gar nicht hingeschaut, aber das verdammte Ding war offen.«

»Was war drin?«

»Ein Blatt Papier, darauf stand: ›Herzlichen Glückwunsch. Ich war gespannt, ob du es schaffen würdest.‹ Und eine Fünfzigdollarnote. Es geht nicht darum, was für ein Mensch mein Vater ist, sondern ich will sagen: Wenn man genügend Zeit damit zugebracht hat, über einem Problem zu grübeln und daran herumzutüfteln, spürt man es einfach, wenn sich was ändert – man weiß es, ob nun andere es merken oder nicht. Seit Januar spüre ich das. Etwas ist anders geworden.«

»Natürlich. Du machst gerade eine aggressive Behandlung mit dem Holzhammer durch. Das wirft jeden eine Zeit lang aus dem Gleichgewicht.«

»Nein, Robin«, sagte er, »das allein ist es nicht. Es ist noch was anderes.«

»Egal, was es ist, du wirst wieder gesund werden«, sagte sie beruhigend. »Soll ich dir etwas vorlesen? Oder wir könnten Labyrinth spielen. Das haben wir lange nicht mehr gemacht.«

Frühling

Am ersten Tag im Frühling fegte ein Schneesturm von Kanada her über das Land, und es dauerte drei Tage, bis er sich ausgetobt hatte. Eine Woche lang blieben die Temperaturen unter null. Der Himmel war von klarem Kristallblau, die Hauben auf den Verwehungen aus Schnee waren verharscht und starr.

Am zweiten April erwachte Robin vom Geräusch tropfenden Wassers. Sie schlug die Augen auf und sah, dass an den Spitzen der Eiszapfen vor ihrem Fenster Wassertropfen hingen.

Sie sprang aus dem Bett, zog sich für die Schule an und stürmte in die Küche. »Es schmilzt!«, jubelte sie und drückte Libby einen dicken Kuss auf die Backe. »Es schmilzt, Polly!«, rief sie und wirbelte zu Pollys Käfig.

»Robin! Wasch das Gewehr!«, sagte Polly. Seit ihr Repertoire sich erweitert hatte, brachte sie ihre Ausdrücke manchmal durcheinander.

»O ja, Schätzchen«, sagte Libby. »Ist es nicht wunderbar? Ich weiß natürlich, dass der Frühling jedes Jahr wiederkommt, aber im Winter gibt es manchmal Zeiten, da zweifle ich daran.«

Eine Scheibe Toast erschien mit einem Plopp aus dem Toaster, Robin griff danach und warf sie auf einen Teller. »Was gibt's dazu?«

Libby schöpfte ein pochiertes Ei aus dem Wasserbad und legte es Robin auf den Toast. »Speck auch, wenn du magst.«

»Ja! Und Saft. Und was du sonst noch so hast!«

»Du hältst wohl ein Festmahl.«

»Rick hat heute eine Untersuchung, und ich weiß es einfach, jetzt wird bald alles gut. Wenn das Wetter erst besser ist, kann er öfter raus und wird sich kräftiger fühlen. Eingesperrtsein ist scheußlich. Da kommt man sich immer vor wie ein Gefangener oder wie so ein Verrückter, der von seiner Familie auf dem Dachboden festgehalten wird.«

»Auf dem Dachboden festgehalten?«, fragte Libby und ließ angebratenes Hackfleisch und Speck auf Robins Teller gleiten.

»Jawohl, so was kommt vor, leugne es nicht.« Robins Schwung war nicht zu bremsen.

Auch in der Schule war die Atmosphäre aufgeladen. Die Kraft der milden Frühlingsluft ließ hervorbrechen, was sich an Lachen, Schäkern und Übermut im Lauf des Winters angestaut hatte, und Lehrer aller Klassen hatten schwer zu tun, Disziplin und Ordnung aufrechtzuerhalten.

»Erde an Robin«, stichelte Marci beim Mittagessen. »Du hast kein Wort verstanden von dem, was ich in den letzten zehn Minuten gesagt habe.«

»Ist es nicht herrlich? Es ist Frühling. Ich bin verliebt. Ich komme mir vor wie ... ich weiß nicht, wie ... wie im siebten Himmel!«

»Oje! Das muss ja wohl bedeuten, dass es Rick besser geht.«

»Sie machen heute bei ihm Tests, aber ich weiß genau, dass sie gut ausfallen werden.«

»Das freut mich. Weißt du noch, Rob, wie ihr mir im letzten Sommer die Ausländernummer untergejubelt habt? Ich wäre in tausend Jahren nicht auf die Idee gekommen, dass ihr beide krank wart.«

»Das war ein guter Tag.« Robin warf die leeren Essenstüten zum Abfall.

»Für euch vielleicht«, sagte Marci, während sie langsam zur nächsten Unterrichtsstunde gingen. »Ich hab mich gefühlt wie ein Schwachkopf, als ich dahinter gekommen bin, dass er alles verstanden hat, was ich gesagt habe.«

»Das war schon okay. Es hat ihm gefallen. Und er fand dich nett. Er wäre dir glatt nachgelaufen, wenn ich ihn gelassen hätte.«

»Ich hätte ihn zurückgeschickt. Ich finde, ihr zwei gehört zusammen.«

»Ich auch«, sagte Robin und fiel Marci um den Hals.

Nach dem Unterricht fuhr Robin nach Hause, das Autoradio aufgedreht, so laut sie es nur ertragen konnte, sie sang und schlug den Takt auf das Lenkrad. Sie schleuderte ihre Bücher auf das Sofa im Wohnzimmer und wählte Ricks Nummer, aber es meldete sich nur der Anrufbeantworter.

Libby kam die Treppe herunter. »Ich dachte mir doch, ich hätte dich hereinkommen hören.«

»Ist heute nicht ein prachtvoller Tag?«

»Prachtvoll? Eine Schweinerei ist das draußen«, sagte Libby. »Alles tropft und schmilzt und ist matschig. Ich hatte schon Angst, du könntest auf dem Heimweg irgendwo stecken bleiben.«

»Auf dem Highway? Du sorgst dich um die merkwürdigsten Dinge«, sagte Robin. »Ich bin am Verhungern. Was gibt's zu essen?«

»So merkwürdig ist das gar nicht«, sagte Libby. »Meine Mutter hat sich immer Sorgen gemacht, man könnte ihr das Gebiss stehlen.«

Sie gingen in die Küche, um sich zusammen ein Essen zu basteln.

Gegen fünf Uhr rief Robin noch einmal bei Rick an, aber es meldete sich immer noch niemand.

Als sie gerade mit ihrem Abendessen fertig war, klingelte das Telefon. Sie lief ins Wohnzimmer und griff nach dem Hörer. »Hi! Wo warst du?«

»Auf dem Heimweg. Die Untersuchungen haben so lange gedauert.« Seine Stimme klang wie aus weiter Ferne.

»Du klingst komisch.«

»Weißt du«, sagte er, »als ich das erste Mal im Krankenhaus war, das ist jetzt mehr als drei Jahre her, war auf demselben Stockwerk wie ich ein total lustiger, kleiner alter Mann. Dauernd riss er Witze und munterte die anderen auf, obwohl er selber Krebs hatte, unheilbar. Ich war sehr schockiert über meine Diagnose und ich brauchte ein wenig Beistand. Da fragte ich ihn, wie er so unbeschwert sein könne, und er versicherte mir, so sei er in seinem Leben noch nie gewesen. Immer hätte er in der Furcht gelebt, er könnte Krebs bekommen. Viele aus seiner Familie hatten Krebs gehabt, dieses Schicksal schien ihm unausweichlich, und er war deshalb sein Leben lang sorgenvoll, mürrisch und verbittert gewesen. Dann, als er tatsächlich Krebs bekam, empfand er es wie eine Erleichterung. Die Ungewissheit war vorbei und er konnte sich entspannen. Unter der Oberfläche war er eigentlich die ganze Zeit ein freundlicher Mensch gewesen. Scheint unglaublich, nicht wahr? Aber das mit der quälenden Ungewissheit verstehe ich. Dieses ewige Warten.«

»Rick, was ist los?«

»Es ist schlimmer geworden. Es hat sich ausgebreitet. Sie können nichts mehr tun.«

»Was?« Sie umklammerte den Hörer so fest, dass ihr die Hand schmerzte.

»Ich hab dir ja gesagt: Ich weiß, dass sich etwas geändert hat. Aber du wolltest es nicht hören. Ich war nicht mal überrascht, als der Arzt es mir beigebracht hat.«

»Die müssen was tun! Es muss doch noch irgendeine Behandlung möglich sein. Die können dich doch nicht einfach so aufgeben.«

»Robin, bitte.«

»Aber das darf nicht passieren.« Sie war so niedergeschmettert, dass sie keine Tränen hatte.

»Bitte. Ich brauche dich, ich muss mit dir reden. Schlag mir das nicht länger ab. Ich habe nicht genug Kraft, um auch noch gegen dich anzukämpfen.«

»Aber sie müssen dich retten!«

»Robin, der Lohn heißt nicht immer: Überleben um jeden Preis. Der Preis kann zu hoch sein. Manchmal heißt der Lohn: Ruhe und Frieden.«

»Was ist mit all den Gebeten zu diesen unbekannten Heiligen? Haben sie dich nicht gehört?«

»Jeder muss irgendwann sterben. Gebete sind kein Garantieschein für ein langes Leben. Robin, bitte. Du warst wochenlang so munter und zuversichtlich, dass ich mit dem, was ich schon spürte, gar nicht zu dir durchdringen konnte. Ich kann dich vor meiner Wut nicht länger schützen. Hilf mir. Sei nicht so wie meine Eltern.«

Robin hielt inne. Womit konnte sie ihm jetzt helfen? »Gut«, sagte sie. »Erzähl.«

Da redete er, bis die Wut in seinen Schluchzern ertrank.

Am Samstag brach sie so früh wie möglich nach Moreland auf. Jetzt zählte jede Minute.

Mrs. Winn kam an die Haustür und flüsterte: »Oh, Robin, Richard wartet schon auf dich. Komm rein.« Sie drehte sich um und ging auf Zehenspitzen durch die weite Eingangshalle. Robin machte die Tür zu und folgte ihr zum Wintergarten, wo Rick im Sessel auf sie wartete.

Robin nahm seine Hand und küsste sie. »Hi.«

»Hi.«

Mrs. Winn huschte davon.

»Warum flüstert und schleicht sie so?«, fragte Robin.

»Vorzeitige Trauer. Außerdem hat mein alter Herr einen Kater, deshalb versucht sie leise zu sein. Er kommt nicht gut zurecht damit.«

»Überrascht dich das?«

»Nein. Fast bewundere ich seine Hartnäckigkeit.«

»Er fehlt dir, oder?«

»Ja«, sagte er leise. »Er fehlt mir.«

Sie setzte sich auf seinen Schoß und schlang ihm die Arme um den Hals. »Was sollen wir heute unternehmen?«

»Ich muss hier raus. Lass uns ein Picknick machen und irgendwo hinfahren.«

»Ein Picknick! Es ist kalt und matschig draußen.«

»Wir können es mit in ein Motel nehmen.«

»Oh.«

»Ich muss mit jemandem zusammen sein, der mich anfassen kann, Rob. Meine Eltern halten mich anscheinend für ansteckend oder zerbrechlich oder verseucht. Ich bin hungrig nach Berührung.«

Sie schenkte ihm ihr schönstes Lächeln. »Ich kann dich mit allen Liebkosungen versorgen, die du aushalten kannst. Komm.«

Als Rick und Robin in die Küche gingen und Picknicksachen zusammensuchen wollten, kam Mrs. Winn hereingeschlichen, um ihnen zu helfen. »Ein Picknick? Bei diesem Wetter?«, fragte sie.

»Wir essen im Auto, wenn es sein muss«, sagte Rick. »Oder in einem Kino. Ich muss eine Weile hier raus, Mom.«

»Also schön … Aber nur, wenn Robin dich sofort nach Hause bringt, falls du müde wirst. Du setzt dich hin, Richard. Robin und ich machen das schon. Du willst dich doch nicht gleich verausgaben.«

Sie machten Sandwiches und packten Kuchen und Obst ein. Mrs. Winn gab Dosen mit Limonade dazu und eine Packung Kekse. »Meint ihr, das reicht?«, fragte sie. »Wann werdet ihr zurück sein?«

»Das reicht, um nach Südamerika zu reisen«, sagte Rick. »Und wann wir zurück sind, weiß ich nicht. Ich bin da, wenn ich da bin. Mach dir keine Sorgen. Robin passt schon auf mich auf.«

Auf dem Weg zum Auto machte Rick einen Abstecher hinter die Bar seines Vaters, die in einer Ecke des Wohnzimmers eingerichtet war, zog eine Flasche Wein heraus und steckte sie in die Innentasche seines Schaffellmantels.

Sie fuhren den feuchten Highway entlang, Schmutzwasserfontänen spritzten hoch, auf den Feldern zeichnete sich das dunkle Erdbraun scharf von den Flecken weißen Schnees ab, der noch an manchen Stellen lag.

»Danke, dass du mich da rausgeholt hast«, sagte Rick. Er dirigierte sie zu einem *Best-Western*-Motel am Highway. »Es sieht ganz okay aus und es ist das nächste. Ich möchte keine Zeit verlieren.«

Nachdem sie sich eingetragen hatten, schleppten sie den Picknickkorb ins Zimmer und stellten ihn auf den

Tisch. Rick untersuchte Bad und Toilette, probierte alle Lichter aus und den Fernseher. »Funktioniert alles«, meldete er. »Ich denke, wir können bleiben.«

»Was zuerst?«, fragte sie.

Er legte die Arme um sie.

Robin lag mit dem Kopf an seiner Schulter und sie musste krampfhaft schlucken, um die Tränen zu unterdrücken. Er war bereits viel dünner, als er in Jefferson gewesen war, und es schien, als könne sie die Hitze, die aus seinen Knochen strahlte, auf ihrem ganzen Körper spüren.

»Meine Mutter würde den Verstand verlieren«, sagte er, »wenn sie uns hier sähe.«

»Mein Vater auch.«

»Ist mir egal.«

»Mir auch.«

»Hast du Hunger?«

Sie stand auf, holte den Picknickkorb und stellte ihn aufs Bett. Nachdem sie die Bettdecke rings um sich wieder festgeklemmt hatte, klappte sie den Korbdeckel auf, reichte Rick einen Pappteller und teilte Essen aus.

»Deine Mutter macht ein sagenhaftes Picknick.«

»Was du mir gibst, finde ich noch viel sagenhafter.«

Sie lehnte sich an ihn und schloss die Augen.

»Ich wünschte, ich könnte jetzt, in diesem Augenblick, sterben«, sagte er.

»Sag das nicht.« Sie legte ihre Finger über seinen Mund.

Er küsste sie. »Warum nicht? Glücklicher, als ich jetzt bin, kann ich nicht werden.«

»Dann würde ich am liebsten mit dir gehen. Warum muss ich noch warten?«

Er setzte sich auf und fasste sie bei den Schultern. »Sag so was nicht!«, sagte er und schüttelte sie. »Dir geht es jetzt gut und das Leben hält noch so viel für dich bereit! Du weißt, wie ungern ich es loslasse.«

»Es tut mir Leid, es tut mir Leid ...«, sagte sie und hob die Hände vor ihr Gesicht. »Es ist nur ...«

»Ich weiß«, sagte er und zog sie an sich.

»Ganz am Anfang, als ich erfahren habe, dass ich krank bin, hat Libby gesagt, es sei das Schwerste im Leben, wenn man jemanden, den man liebt, leiden sehen muss, weil man nichts dagegen tun kann. Sie hat Recht.«

»Nein. Sie irrt sich. Man kann etwas dagegen tun. Und Gott sei Dank tust du es.«

Sie drückte ihr Gesicht an seine Brust. »Das ist nicht genug.«

»Doch«, sagte er. »Es ist genug.«

Nach einer Weile standen sie auf und zogen sich an. Bevor sie gingen, warf Robin noch einen Blick durch das Zimmer. »Wir haben den Wein nicht getrunken.«

»Wir haben ihn nicht gebraucht. Ich weiß gar nicht, warum ich ihn überhaupt mitgenommen habe. Wir wollen ihn für den nächsten Gast stehen lassen.«

Spät am Nachmittag brachte Robin ihn nach Hause, er war auf dem Sitz neben ihr eingeschlafen.

»Ich komme morgen wieder«, sagte sie, als er ausstieg.

Er beugte sich ins Fenster und streichelte ihre Wange. »Das musst du nicht. Die viele Fahrerei ...«

»Ich komme, keine Widerrede. Wir können uns einfach in den Wintergarten setzen, wenn du müde bist. Ich lese dir etwas vor. Aber ich komme.«

»Okay. Wie könnte ich Nein sagen?«

Beim Essen an diesem Abend sagte Will: »Ich habe in *Die neue Farm* einen Artikel über eine Versuchsfarm in Pennsylvania gelesen. Vielleicht bin ich ja verrückt, aber ich denke, auf ein paar Hektar werd ich mal einiges ausprobieren von dem, was sie vorschlagen. Diese Methode, die sie anwenden, scheint zwar recht arbeitsintensiv, aber was man dafür über die Eindämmung von Erosion und Unkrautwuchs und über den gesteigerten Bodennährwert wieder reinholt, das ist es vielleicht wert. Keine Chemikalien zu verwenden würde mir so viel Geld sparen, dass ich es mir ruhig leisten könnte, wenn der Ertrag ein wenig sinkt.«

»Das ist eine wundervolle Idee, finde ich«, sagte Libby. »Und ich weiß, Rick würde dir zu gern helfen. Nicht wahr, Robin?«

»Er wollte immer eine Farm, die er auf diese Weise bewirtschaften kann«, sagte sie.

»Bei seinem Vater dringt er damit wohl nicht durch, was?«, fragte Will.

»Ich glaube, er hat es aufgegeben.«

»Ich freue mich schon, wenn er so weit ist, dass er uns wieder besuchen kann«, sagte Libby.

Robin entschuldigte sich und ging hinauf. Sie schloss ihre Zimmertür und lehnte sich dagegen. Wie konnte sie ihnen die Wahrheit über Rick sagen? Nie würde sie den

Gesichtsausdruck ihres Vaters vergessen, damals, als sie ihm ihre Diagnose gesagt hatte.

Es klopfte an der Tür. »Robin, lass mich mal rein.« Das war Libbys Stimme.

Robin atmete tief durch und öffnete.

»Was ist los?«, fragte Libby und machte die Tür hinter sich zu.

»Was meinst du?«

»Den einen Tag schwebst du über allen Wolken, und den nächsten bist du so deprimiert, dass du den Kopf wer weiß wie tief hängen lässt.«

»Hast du noch nie was von launischen Teenagern gehört?«, fragte Robin mit dem Rücken zu Libby.

Libby legte Robin die Hände auf die Schultern. »Ist es ... Geht es dir nicht gut?«

»Mir geht es bestens.«

»Nein, eben nicht. Du machst dir Sorgen, Schätzchen. Was ist es?«

Robin sagte nichts.

»Dann ist es Rick.« Libby spürte unter ihren Händen, wie Robin zitterte. »Was ist los?«

Da erzählte sie ihr alles. Sie hielten einander hilflos in den Armen. »Aber du darfst es Daddy nicht erzählen«, sagte Robin schließlich. »Nicht, bevor es unbedingt sein muss.«

»Gut«, sagte Libby. »Wenn du es so willst.«

Am nächsten Vormittag saß sie mit Rick im Wintergarten und las ihm vor. Sie unternahmen einen langsamen Spaziergang über die Farm. Bis auf wenige Stellen, die im Schatten lagen, war der Schnee jetzt geschmolzen. Im Stall besuchten sie Ricks Pferd, Clover, und fütterten es mit Zucker und Äpfeln. Rick plauderte mit ihm und entschuldigte sich, dass er nicht mehr ausreiten konnte. Er versprach ihm eine schöne, sonnige Weide, sobald es das Wetter zulassen würde.

»Wie alt ist es?«, fragte Robin.

»Achtzehn. Für ein Pferd schon ganz schön alt.«

»Ich werde nächste Woche achtzehn. Kommt mir auch alt vor.«

Rick nahm sie in den Arm und streichelte ihren Rücken. »Mir nicht. Was wünschst du dir zum Geburtstag?«

»Dass du gesund wirst«, murmelte sie.

»Was noch?«

»Nichts.«

»Komm schon, was noch?«

»Na schön, irgendwas Ausgefallenes.«

Rick lachte. »Also muss ich mir wohl selbst was einfallen lassen.«

Zu Robins Geburtstagsessen am nächsten Wochenende fuhren sie in die Stadt Moreland. Rick schenkte ihr Blumen, außerdem Pralinen in einer großen goldenen Schachtel, und er ließ noch ein paar andere Schachteln im Auto liegen, als sie zum Restaurant gingen.

»Wollen wir nicht all die schönen Geschenke mitnehmen?«, fragte Robin. »Wann kann ich sie denn auspacken?«

»Ist das das Mädchen, das nichts zum Geburtstag wollte? Später, G. R., später.«

Es war ein elegantes Restaurant und Robin hatte ihr bestes Kleid aus dünnem, blauem Wollstoff angezogen. Rick trug dunkle Hosen und eine Sportjacke, die eine Nummer zu groß an ihm aussah. Robin saß ihm gegenüber und sie merkte, wie spitz seine Knochen hervortraten und wie die Flächen seines Gesichts scharf und kantig gegeneinander standen. Aber er wirkte nicht ausgezehrt, sondern eher irgendwie reiner, zerbrechlich bis zum Skelett.

»Ich wünschte, wir könnten heiraten«, sagte sie.

»Das würde ich dir nicht antun.«

»Warum nicht? Dann wäre ich für alle Zeiten mit dir verbunden.«

»Wir würden es uns nur schwerer machen, als es sowieso schon ist.«

»Das ist mir egal.« Sie spürte, wie ihr die Tränen kamen.

»Nicht, Rob«, sagte er und griff nach ihrer Hand. »Wie wär's, wenn wir so tun, als wären wir verheiratet?«

Sie zwang sich zu einem Lächeln. »Wenn das das Beste ist, was du anzubieten hast.«

»Niemand sonst hat je von mir dieses Angebot bekommen.« Er stockte. »Oder wird es je bekommen.«

Nach dem Essen fuhren sie zu ihrem *Best-Western*-Motel und Rick trug die Blumen, Pralinen und Päckchen hinein.

»Jetzt kannst du deine Geschenke auspacken«, sagte er.

»Hast du gemerkt, dass ich grüne Bänder darum gebunden habe?«

»Welches soll ich zuerst aufmachen?«

»Das große.«

Das große enthielt einen Plüschhahn, der ein Halsband mit einer Plakette trug. Darauf stand: Happy. Sie lachte und küsste ihn. »Und jetzt?«

Er reichte ihr eine mittelgroße Schachtel. Darin war eine Baseballkappe mit einem goldenen Flicken auf der Vorderseite, und darauf stand: *Die neue Farm*. Sie sah ihn an. »Was ist das?«

»Es ist meine. Die habe ich bekommen, als ich das Abo bestellt habe. Setz sie auf, wenn du durch die Bohnen gehst. Sie wird deine Nase vor Sonnenbrand schützen.«

»Und ich werde an dich denken.«

»So ist es gemeint.« Er half ihr, das letzte und kleinste Päckchen zu öffnen.

»Ist das schön«, sagte sie und nahm ein goldenes Kettchen heraus, an dem ein kleines goldenes Herz hing. Auf der Vorderseite war ihr Name eingraviert und auf der Rückseite Ricks Initialen. Er legte es ihr um den Hals. »Ein Herz hält uns zusammen«, sagte er.

Das nächste Mal, als sie ihn besuchte, döste er im Sessel, während auf dem Bildschirm sein Video mit *Casablanca* lief.

»He, aufwachen«, sagte sie. »Bei *Casablanca* zu schlafen ist ein Verbrechen. Auf jeden Fall schlechtes Benehmen.«

Er öffnete die Augen und es dauerte einen Augenblick, bevor er sie erkannte. »Robin? Hi.«

»Hi.«

»Habe ich geschlafen?«

»Ja. Und zwar bei *Casablanca*. Das hätte ich nie von dir gedacht.«

»Vielleicht hab ich endlich genug davon.«

Ende Mai ging Rick wieder ins Krankenhaus und Robin musste es Libby sagen.

Libby rappelte sich von den Knien hoch – sie hatte gerade Mulch in ihrem Gemüsegarten verteilt – und setzte sich auf die Stufe vor der Hintertür. Sie streifte ihre Gartenhandschuhe ab und nahm Robins Hand in ihre.

Robin lehnte sich an sie. »Mal sehen, wie ich das mit der Schule mache. Ich werde die Abschlussarbeiten und die Examen im Sommer nachmachen. Ich kann nicht in einem Schulzimmer sitzen, wenn ich weiß, Rick ist in Jefferson und ich bin nicht bei ihm.«

»Mach dir bloß keine Gedanken um die Schule. Du musst bei Rick bleiben. Du musst. Das Schlimmste ist Alleinsein.«

Robin nickte.

»Wir müssen es jetzt deinem Dad sagen. Dauernd redet er von Rick und dass er ihm seine neuen Methoden zeigen will, sobald es ihm wieder besser geht.«

Robin seufzte. »Ich kann einfach nicht glauben, dass das alles passiert.« Sie stand auf. »Ich gehe rein und rufe meine Lehrer an.«

Jeden Morgen fuhr Robin nach Jefferson. Sie blieb den ganzen Tag, saß die meiste Zeit an Ricks Bett und fuhr am Abend wieder nach Hause.

Zu Robins Überraschung verbrachte Ricks Vater fast so viel Zeit bei Rick wie sie. Erst saß er nur stumm da und beobachtete Rick. Am vierten Tag streckte er den Arm aus und nahm Ricks Hand in die seine. Rick schlug die Augen auf, sah seinen Vater an, lächelte und klappte die Augen wieder zu. Von da an griff Mr. Winn jedes Mal nach Ricks Hand, sobald er ins Zimmer kam und sich gesetzt hatte.

Mrs. Winn zwang sich, jede Stunde ein paar Minuten an Ricks Bett stehen zu bleiben, dann zog sie sich in den Aufenthaltsraum zurück und weinte still vor sich hin, bis es wieder Zeit wurde, in sein Zimmer zu gehen.

Robin verließ Rick nur, um zur Toilette zu gehen, in die Cafeteria oder um einen Blick auf die Babys im Säuglingszimmer zu werfen. Sie fand sie nicht mehr nur funkelnagelneu und unfertig wie beim ersten Mal, als sie in der Klinik gewesen war. Jetzt wirkten sie in ihren Augen frisch und viel versprechend, eine junge Saat zu Beginn ihres Wachstums. Manche würden sich gesund und stark entwickeln, andere schwach und kümmerlich – wie Pflanzen, die in ein und derselben Erde steckten. Es war ein Rätsel.

Mr. Winn stand auf und streckte sich. Er und Robin hatten schon mehrere Stunden still am Bett gesessen und Ricks Hände gehalten. Er lag jetzt immer mit hoch gestütztem Oberkörper, damit ihm das Atmen leichter fiele, und seit zwei Tagen hing er am Sauerstoff.

»Ich gehe was essen«, sagte Mr. Winn zu Robin. »Ich bleibe nicht lang. Ich weiß, dass du dich bald auf den Heimweg machen musst.«

»Schon gut. Lassen Sie sich ruhig Zeit.«

Er beugte sich über Rick. »Ich komme gleich wieder, Sohn.«

Rick öffnete die Augen. »Leb wohl, Dad.«

»Bis später.« Er ging aus dem Zimmer.

Rick drehte den Kopf auf dem Kissen und sah Robin an. »Hi.«

»Hi.«

»›Leb wohl, Welt ... Lebt wohl, ihr tickenden Uhren ... und Mamas Sonnenblumen. Und Essen und Kaffee. Und frisch gebügelte Kleider und heiße Bäder ... und Schlafen und Aufwachen. Oh, Erde, du bist zu wundervoll, als dass dich auch nur einer begreifen könnte.‹«

»Was ist das?«

»*Unsere kleine Stadt* ... von Thornton Wilder ... Das war unsere ... Abschlussaufführung in der Highschool. Es ist der ... Spruch der ...«

»Rick?«

Das Bild roter Schlusslichter kam ihr in den Sinn, wie sie sich langsam aus der Einfahrt entfernten, damals, an jenem hoffnungslosen Abend im Juni.

Sommer

Langsam wanderte Robin an einer Reihe Sojabohnen entlang, Ricks Baseballkappe mit der Aufschrift *Die neue Farm* beschattete ihr Gesicht. Sie liebte das viele Grün um sich herum. Irgendwo hatte sie gelesen, es gebe siebenunddreißig Schattierungen von Grün, und der Blick über die Felder ließ sie das glauben.

Sie blieb unter der Eiche stehen, wo sie an jenem ersten Tag mit Rick gesessen hatte, und sie dachte daran, wie viele Jahre diese Felder das Pflanzen, Heranreifen und Ernten schon erlebt hatten und wie viele Male sie es noch erleben würden. Bei guter Pflege würde der Kreislauf weiter und weiter gehen.

Sie setzte sich und lehnte den Rücken gegen den Baum. Ein Spiel fiel ihr ein, das ihre Mutter mit ihr, als sie klein war, gespielt hatte, ein Spiel, das sie »Das Schlimmste« genannt hatten. Wenn Robin etwas nicht tun wollte oder Angst davor hatte, hatte ihre Mutter immer gesagt: »Wovor kann man dabei Angst haben? Was könnte schlimmstenfalls passieren?«

Als Robin sich geweigert hatte, am ersten Tag zur Schule zu gehen, hatte ihre Mutter ihr diese Fragen gestellt. Und Robin hatte gesagt: »Dass keiner mich mag. Dass die Lehrerin gemein zu mir ist.«

Ihre Mutter hatte gesagt: »Und wenn schon. Ist die Lehrerin gemein zu dir, gehe ich hin und sage ihr, dass sie damit aufhören soll. Wie könnte es sein, dass jemand meinen kleinen Engel nicht leiden mag? Aber wenn es dir wirklich mal so vorkommt, laden wir sie alle auf die Farm ein, dann dürfen sie im Heu toben und mit den kleinen Kätzchen spielen und zu Mittag gibt es Eis und Kekse. Das wird ihre Meinung ändern. Wovor also Angst haben?«

Als Robin Angst hatte, bei der Theateraufführung der ersten Klasse mitzuspielen, hatte ihre Mutter wieder gefragt, was denn schlimmstenfalls geschehen könne.

»Ich könnte meinen Text vergessen und alle würden mich auslachen.«

»Und wenn schon. Die Lehrerin würde dir deinen Text vorflüstern, du würdest ihn nachsagen und alle würden aufhören zu lachen – falls sie überhaupt gelacht hätten. Die meisten Leute wissen recht gut, dass ihnen das ganz genauso passieren könnte. Wovor also Angst haben?«

Wenn Robin abends nicht ins Bett wollte, hatte ihre Mutter gefragt, warum, und Robin hatte gesagt: »Ich liege im Dunkeln und kann und kann nicht einschlafen.«

»Und wenn schon. Am Ende wirst du doch einschlafen.«

»Und du und Daddy, ihr macht was Lustiges ohne mich.«

»Und wenn schon. Wir werden es dir am nächsten Morgen erzählen. Oder, wenn es wirklich ganz, ganz lustig ist, wecken wir dich, damit du es mit uns erleben kannst. Wovor also Angst haben?«

Jetzt musste Robin das Spiel allein spielen. Das Beste, was passieren konnte, war, dass sie gesund würde. Natürlich hoffte sie das. Und das Schlimmste?

Dass sie sterben würde.

Und wenn schon?

Entweder sie würde irgendwo ankommen oder nicht. Wenn nicht, wenn es wirklich so wäre: Licht aus, Ende, ewiger Schlaf – wovor dann Angst haben? Sollte sie aber doch an einen anderen Ort kommen, dann wäre auch Rick dort. Und Julie und Herb und eine Menge anderer Leute. Und davor bräuchte sie erst recht keine Angst zu haben.